ALLOCUTION

SUR LA VIE ET LES VERTUS

DU

T. R. P. JEAN ROOTHAAN

GÉNÉRAL DE LA COMPAGNIE DE JÉSUS

Par le P. Minini, S. J.

APPENDICES

PAR ÉD. T.

BRUXELLES
IMPRIMERIE DE J. VANDEREYDT
RUE DE FLANDRE, 104.

1855

APPROBATION.

Ayant fait examiner l'opuscule intitulé : *Allocution sur la vie et les vertus du T. R. P. Jean Roothaan, général de la Compagnie de Jésus*, avec des *Appendices*, par Éd. T., nous en permettons l'impression.

Malines, le 9 *novembre* 1853.

P. CORTEN, *Vic. Gén.*

COLLECTION DE PRÉCIS HISTORIQUES,

PAR ÉD. TERWECOREN, S. J.,

au Collége Saint-Michel, à Bruxelles.

2e ANNÉE, 1853.

Deux livraisons par mois. — Abonnement, 5 francs par an.

Des événements d'une importance majeure pour la Compagnie de Jésus se rattachent au nom de son XXIe Général, sur qui la tombe vient de se fermer.

Jean-Philippe Roothaan fit son noviciat dans la Russie-Blanche, au moment où Dieu y conservait, d'une manière toute providentielle, l'Ordre de Saint-Ignace.

Il voit le rétablissement successif de la Compagnie dans différentes contrées de l'Europe, et enfin son rétablissement dans le monde entier par l'immortel Pie VII.

Il est témoin du développement rapide et prospère de l'Institut rétabli, et prend une part active à ce développement.

La période qui correspond à son généralat est effrayante d'orages et de mornes inquiétudes pour l'Église, par les révolutions multiples et par les sacriléges fureurs.

Les sciences et les arts prennent un essor subit; la presse augmente son activité par d'ingénieuses applications; l'instruction s'organise diversement dans presque tous les États, et les méthodes d'enseignement participent aux fluctuations des idées, aux incertitudes des innovations.

Tout cet état de choses ouvre à la Compagnie de Jésus une carrière étendue, mais difficile; et son Général, sans désavouer le passé, doit, à l'exemple du saint Fondateur et selon la lettre même des Constitutions, conformer la science et les travaux de l'Ordre aux besoins de l'époque.

L'histoire dira plus tard en détail ce qu'il a fait.

L'*Allocution sur la vie et les vertus du T. R. P. Roothaan, Général de la Compagnie de Jésus,* prononcée par le P. Ferdinand Minini, dans la maison professe de Rome, le 28 juin 1853, devant les Pères de la Congrégation générale, quelques jours avant l'élection du successeur du P. Roothaan, donne une haute idée des vertus et des travaux du défunt. A cette *Allocution,* traduite du latin, nous avons cru devoir ajouter des *Appendices* renfermant des détails que ne comportait pas le but du discours.

ÉD. T.

ALLOCUTION

SUR LA VIE ET LES VERTUS

DU

T. R. P. JEAN ROOTHAAN.

Mes Révérends Pères,

Une tradition consacrée parmi nous, veut que, dans cette maison professe, à la mort de chaque général, un simple et fidèle récit de ses vertus soit offert à la piété des religieux. Chargé de payer aujourd'hui ce tribut de reconnaissance au Très-Révérend Père Jean Roothaan, vingt-et-unième Général de la Compagnie de Jésus, je me sens encouragé par l'obéissance qui m'amène et par la présence de ces Pères vénérables, réunis ici de toutes les parties du monde pour nous donner un nouveau chef.

Je ne suis pas venu semer de fleurs éclatantes la tombe qui vient de se fermer : qu'est-il besoin de fleurs, sur la dépouille mortelle de celui qui, nous l'espérons, jouit à cette heure des splendeurs des cieux? Je voudrais, s'il se peut, accroître dans nos cœurs la tendresse filiale envers ce Père qui nous aima tant; je voudrais exciter un saint zèle pour l'imitation des vertus qu'il a si bien pratiquées : je dirai donc, dans un langage simple, ce que mes souvenirs et mon cœur me dicteront.

Jean Roothaan naquit à Amsterdam. C'est là que, pendant ses études, il suivit les leçons du célèbre helléniste protestant Lennep, qui, au départ de son élève, l'accompagna de ses regrets et voulut qu'il emportât au loin le témoignage solennel de son estime : car le jeune Roothaan ne s'expatriait si tôt, que pour aller au fond de la Russie-Blanche s'enrôler dans la Compagnie de Jésus. On l'accueillit dans cet exil comme on aurait fait d'un ange, et bientôt il passa parmi les religieux pour un autre Louis de Gonzague. A peine connut-il le livre des *Exercices de saint Ignace*, qu'il s'y attacha avec amour et en fit ses délices, au point d'en reproduire en sa vie toute la doctrine. Sa pénétration lui découvrit là tout le plan de nos règles, tout le dessein de notre pieux Institut. Il comprit que sur eux et de leur substance devait se former le véritable enfant de la Compagnie. Plus tard enfin, devenu notre général, il se fit apporter l'autographe castillan, et voulut pénétrer l'esprit, le cœur, l'âme tout entière du saint auteur, dans son expression la plus exacte : ainsi fut composée cette traduction littérale, pleine d'une sainte onction et enrichie de précieuses notes. Il n'avait pas d'autre école d'ascétisme que ce livre béni; il lui empruntait le texte ordinaire de ses entretiens spirituels, la matière de ses exhortations. La méditation de la *fin de l'homme,* principe et fondement des Exercices, lui suggéra ces développements admirables, les plus sublimes et les plus complets publiés jusqu'à ce jour sur cette matière; sur elle, comme dans un moule, il avait formé son esprit intérieur; dans chacune de ses conversations avec les religieux et même avec les laïques, elle revenait sans effort, et presque à son insu; mais, loin d'être à charge à personne, ce langage pénétrait doucement les cœurs.

Ce fut donc DIEU qu'il établit dans son intelligence, comme l'unique et suprême but de ses entreprises, de ses affections, de tous ses actes. De là, cette précieuse *indifférence* pour tout ce qu'il plairait au Seigneur d'ordonner, sans autre volonté que sa volonté suprême; de là, cette intention droite dans toutes ses pensées, ses discours et ses œuvres; cette simplicité de la colombe, qui, sans exclure la prudence, ne pouvait soupçonner en autrui ni mensonge ni déguisement; de là, ce vif sentiment de la présence de Dieu, qui, dans son maintien, dans sa démarche, dans toute sa personne, se traduisait d'une manière si frappante, qu'il suffisait de le voir pour dire : «Voilà l'homme qui pense à Dieu ;» de là, cette sainte frayeur qui semblait pénétrer tous ses sens et qu'il excitait en lui avec une facilité merveilleuse, soit pour la prière, soit pour la récitation de l'office divin, et surtout quand il se prosternait aux pieds de Jésus-Christ présent dans l'Eucharistie ou qu'il célébrait au saint autel : vous eussiez dit qu'alors il sentait tout le poids de la Majesté divine. Une fois, qu'il donnait les exercices spirituels à ses religieux, il leur fit une instruction ou plutôt un examen pratique sur cette manière de se tenir en la présence de Dieu durant la prière, et leur dit des choses si belles, si grandes, si sublimes, qu'après bien des années, quelques-uns se les rappellent encore avec admiration.

Par cette méditation de la fin de l'homme, sa belle âme s'était épurée ; tout en elle tendait uniquement à Dieu : pensées, affections, opérations; en sorte que, pour lui, vivre, c'était aller à Dieu et y aller par le chemin qu'il plaisait au divin Maître de lui tracer.

Dans la méditation du *Règne de Jésus-Christ,* il vit ce même Dieu s'incarnant dans le sein d'une Vierge, où l'attire son amour pour l'homme; homme lui-même et vivant parmi les hommes l'espace de trente-trois ans ; devenu pour eux la voie, la vérité et la vie, par ses leçons, ses exemples et a grâce. Armé d'une résolution énergique, il se mit à suivre ce divin Roi, qu'il voyait devant lui pauvre, méprisé, souffrant. « Voici, » disait-il souvent, « voici le résumé des Exercices: après avoir purifié son âme, connaître, à la lumière de Dieu, la personne adorable de Jésus-Christ, et dans les méditations, dans les examens, ne s'en séparer jamais ; dans tous les exemples que nous offre sa vie mortelle, le reproduire en nous, et mériter par là de lui devenir semblables dans sa gloire. »

Telle était la connaissance approfondie qu'il avait acquise des exercices : il mit donc son étude à retracer en lui la pauvreté de Jésus-Christ. Il était chef de tout l'Ordre, et rien de plus dénué que sa chambre à coucher, la seule qu'on pût dire affectée à son usage privé : un matelas pour lit, des murailles toutes nues, aucun meuble d'ornement. La propreté brillait sur sa personne comme il convient à la pauvreté religieuse ; mais il fallait recourir à des ruses innocentes pour lui enlever des vêtements vieux et usés. Aucun objet à son usage n'avait rien de précieux ; il recherchait les choses les plus communes; il se faisait apporter des restes de papier, des rognures abandonnées, pour y écrire certaines notes particulières; il avait en horreur toute dépense qui eût pu paraître inutile ou de luxe. Un jour, il lui échappa de dire que, pour soutenir sa santé si affaiblie et si délabrée, il se serait bien trouvé de prendre, dans l'après-midi, je ne sais quel tonique : « Mais non, » ajouta-t-il aussitôt en se corrigeant lui-même, « vivons à moins de frais, et n'oublions pas que nous sommes pauvres. »

Au retour de son exil, il se trouva privé de certaines aumônes, qui auparavant, l'aidaient à soutenir quelques maisons de la Compagnie et des familles pauvres dont il était l'appui. « Je n'ai plus rien, » disait-il, « me voilà pauvre en vérité; c'est mieux comme cela. » La pauvreté est *la mère* du vrai religieux : il la voulait voir aimée des siens; elle est *le rempart de la religion* : il leur recommandait de le conserver intact; la seule crainte de le voir menacé eût été, selon ses propres expressions, une épine capable de lui percer le cœur, et s'il y avait aperçu quelque brèche, il aurait couru la réparer de ses mains.

Jésus-Christ, anéanti sous la forme d'un esclave et quittant les splendeurs de Dieu pour se faire le dernier des hommes, est le modèle d'humilité que notre Père avait choisi. Plus sa dignité l'élevait, plus il s'abaissait devant tout le monde, par un sentiment profond de mépris pour lui-même. Son esprit était riche et facile : connaissant à fond plusieurs langues modernes et savantes, il était assez habile helléniste pour écrire sur les Odes de Pindare un docte commentaire; sa profonde connaissance des sciences sacrées l'avait mis en état de prémunir, contre des doctrines insidieuses, une jeunesse d'élite confiée à son zèle, et l'espoir de la religion dans un noble royaume; il avait su démasquer les erreurs adroitement déguisées dans les systèmes de certains écrivains célèbres dans ce siècle, et par sa prudence, en préserver nos écoles. Malgré tout cela, qui jamais l'entendit parler de lui-même? Aurait-on même connu sa carrière glorieuse si d'autres que lui ne s'étaient trouvés là pour en conserver le souvenir? Sa réputation de science et de sainteté était répandue en tout lieu et accueillie par tous, même par certaines personnes médiocrement amies des Jésuites. Consulté comme un oracle par des personnages éminents en science et en dignité, visité pendant longues années et invité par des personnes de toute sorte, il laissait chacun ravi de la modestie de ses manières, charmé de son humilité. Esprit sûr dans le conseil, donnant presque toujours le meilleur avis, souvent l'unique à suivre, il écoutait volontiers celui des autres et se défiait de lui-même au point d'abandonner sans effort ses propres idées. Lorsque, au milieu des innombrables soins de son généralat, il avait laissé échapper une action, un mot qui lui parût blesser tant soit peu la charité ou la patience, il ne se couchait point le soir sans avoir demandé pardon à celui qu'il croyait avoir offensé, fût-ce même le Frère attaché à son service.

Ces démonstrations extérieures d'humilité naissaient du sentiment profond qu'il avait de son néant. Témoin sa prédilection pour cette oraison jaculatoire : *Miserere mei :* ayez pitié de moi. Il l'avait souvent à la bouche; il la redisait tout haletant en montant l'escalier; il la murmurait doucement en se promenant dans les corridors. Mais la nuit surtout, durant la demi-heure qu'il ne manqua presque jamais de passer à la tribune devant le Saint Sacrement, quand il se croyait bien seul, il la répétait avec larmes et gémissements. Comme on lui demandait pourquoi cette prière avait pour lui plus de charmes que toute autre : « C'est, » dit-il, « qu'elle me rappelle ma grande misère et l'infinie miséricorde de mon Dieu : » sentiment intime qui le faisait soupirer après les ignominies et les opprobres du Rédempteur. Écoutons-le dans sa lettre encyclique sur les tribulations de la Compagnie ; comme il se réjouit avec ses enfants des outrages et des malédictions qui leur adviennent à cause du nom de Jésus : « Eh ! qui suis-je, moi, » s'écrie-t-il dans l'ardeur de son humilité, « qui suis-je, Seigneur, pour que vous daigniez m'associer à tant de gloire ? Et d'où me vient ce bonheur que vous me jugiez digne du sort de vos serviteurs préférés ? »

Peu de mois avant sa maladie, un Père se plaignait devant lui de ce que plusieurs religieux quittaient la Compagnie ou n'osaient rentrer dans son sein à cause de la haine dont ils la croyaient l'objet. « Et moi, reprit-il d'une voix ferme, je bénis le Seigneur de ce qu'il nous délivre de ces lâches : je rougirais de voir dans nos rangs celui qui rougit des ignominies du Sauveur. »

Souvent il nous le répétait : ces mépris et ces colères du monde faisaient sa consolation ; il y voyait une marque infaillible de la prédilection de Dieu pour la Compagnie, et la preuve manifeste que l'esprit de son fondateur était vivant en elle. Telle est la conviction qu'il avait conçue et qui reposait sur l'amour de notre Institut, lorsqu'il nous avertit de nous tenir sur nos gardes pour éviter cet orgueil qu'on appelle orgueil de corps, et de redouter plus la louange que le blâme. « Ce n'est point pour la

2

forme, disait-il, que notre bienheureux Père donnait à sa Compagnie le nom de *très-petite*, mais c'est qu'il voyait en elle la dernière entre tous les Ordres religieux, qui, chacun selon sa vocation, servent si bien la sainte Église. Habitués depuis notre entrée en religion à entendre raconter les hauts faits de nos Pères, nous ne serions que trop portés à nous prévaloir de leur mérite, à nous en faire un piédestal, et, comprenant mal la véritable gloire de la Compagnie, à n'estimer que nous et à mépriser les autres : conduite insensée et injuste, propre à nous mériter la haine de Dieu et celle des hommes. » Son cœur tressaillait de joie toutes les fois qu'il apprenait par lettres ou qu'il voyait de ses yeux les succès apostoliques de ses enfants ; mais dans son bonheur, il ne perdait pas de vue l'écueil de la vaine gloire. Lorsque le choléra désola nos contrées, lui-même, ce tendre Père, appelant à son aide la charité de quelques étrangers, recueillit bon nombre d'orphelins abandonnés et leur procura, à Saint-Étienne-le-Rond, et la nourriture, et l'instruction chrétienne. Rome s'émerveilla de voir plus de trois cents Jésuites, jour et nuit hors de leurs habitations, braver la mort au chevet des malades ; et d'unanimes applaudissements furent prodigués à leur courage. Seul, notre commun Père tremblait pour leur humilité. Dès qu'il put nous réunir autour de lui, dans notre maison, il se hâta de nous prémunir contre la vaine gloire; et dans une exhortation solennelle, il nous répéta ce que le Sauveur disait aux Apôtres, quand ils vinrent lui raconter les miracles de charité qu'ils avaient opérés par la vertu de son nom : « *Videbam Satanam tanquam fulgur de cœlo cadentem.* » Ses paroles et son air respiraient la frayeur, au point que la surprise fut grande pour tous, et alla pour quelques-uns jusqu'au scandale.

L'humilité du très-révérend P. Roothaan nous donne à comprendre quelle fut son obéissance de jugement et de volonté envers son supérieur sur la terre, le Vicaire de Jésus-Christ. Sans attendre son ordre ou sa défense, il devinait ses désirs, courait au-devant de ses vœux. Chaque fois qu'il se rendait auprès du Saint-Père, il mettait à ses pieds toute la Compagnie, le priant de la bénir, de la regarder comme son bien propre. Nous le voyions revenir du Vatican plein de joie et de consolation, rapportant à tous ses enfants les oracles et les encouragements qu'il venait d'entendre. C'eût été le blesser au vif que de prononcer une parole peu respectueuse envers l'autorité pontificale, et jamais il ne l'eût souffert, car il voulait nous voir tous persuadés que ce premier et suprême Chef de la

Compagnie la portait tout entière dans les entrailles de sa charité. Il y a deux ans environ, on lui rapporta qu'un illustre personnage répétait en Allemagne que le Saint-Père ne voyait pas d'un bon œil la Compagnie de Jésus : « Cela n'est pas vrai, s'écria-t-il avec cette véhémence qui lui était naturelle quand il s'agissait de la gloire de Dieu, non, cela n'est pas vrai ! Ces discours-là font injure au Pape et à nous : le Pape est le père commun de tous ; il doit vouloir, il veut en effet le bien général de la famille chrétienne : s'il croyait devoir sacrifier à ce bien quelqu'un de nos intérêts particuliers, nous serions heureux d'avoir notre part au sacrifice pour la plus grande gloire de Dieu ; mais le Vicaire de Jésus-Christ n'aurait pas en cela fait preuve d'aversion pour nous. » Il se complaisait alors à énumérer les grâces et les faveurs dont le Pontife suprême avait comblé et comblait chaque jour la Compagnie ; et certes, les faits ne lui manquaient pas. Vers la fin du carême dernier, cloué déjà sur son lit de douleur, il chargea un Père, qui se rendait au Vatican, de présenter au Pape l'expression de la plus humble, de la plus tendre reconnaissance pour l'intérêt qu'il voulait bien prendre à sa maladie, et surtout pour les bienfaits dont il comblait la Compagnie tout entière. Nul d'entre nous n'ignore son zèle à signaler et à combattre par lui-même ou par ses enfants toute opinion tant soit peu hostile à la vérité catholique. Et pourtant sur un signe venu du Vatican, il s'empressa plus d'une fois d'arrêter de notre part toute polémique. « Nous sommes des soldats de l'Église, disait-il, tant que notre Chef l'a permis, nous avons combattu; maintenant qu'il nous arrête, restons en repos. Nous avons obéi en combattant; nous obéirons en restant à l'écart; la récompense sera la même, et la vérité n'en souffrira pas : car après tout, c'est à Pierre et non à nous que le dépôt en a été confié. » Telle était sa soumission au successeur de Pierre, son empressement à obéir au moindre signe, qu'à s'en tenir aux apparences et sans connaître parfaitement la source de tout bien, on aurait pu croire que, sous trois Pontifes différents, il avait sacrifié les intérêts de la Compagnie, non pas à un ordre exprès, mais à un simple désir de l'autorité pontificale. Humble Père! Père obéissant ! oui vous avez bien mérité l'éloge que vous donna le Vicaire de Jésus-Christ, lorsque, dans la basilique de Latran, en présence de son auguste conseil et à la face du monde, il loua votre haute prudence, et déclara que toujours vous fûtes conforme à sa pensée, à sa volonté, et dans toute votre conduite, intimement uni avec lui.

Quant à la mortification de Jésus-Christ, le R. P. Roothaan en portait dans toute sa personne une si vive empreinte, que sa seule présence en était une prédication. Je ne parle pas de son régime habituel, plus voisin de l'abstinence absolue que de la simple tempérance; du tourment insupportable que lui causait toute distinction en ce genre. Chaque jour et chaque nuit il pratiquait les pénitences usitées dans la Compagnie, y ajoutait celles que lui suggéraient sa ferveur et les tribulations toujours croissantes de son Ordre. Quel spectacle édifiant et attendrissant, de le voir, presque toutes les semaines, avec l'exactitude d'un novice, manger à genoux au réfectoire, se prosterner pour baiser les pieds de ses religieux et de temps en temps servir lui-même à table de sa main tremblante! Sa foi et sa dévotion étaient si grandes, qu'il n'eût pas mis plus de zèle à servir Jésus-Christ en personne. Une autre mortification d'autant plus grande qu'elle avait moins d'éclat, est son entière et constante fidélité à observer la discipline de la maison et toutes les règles de l'Institut. Qui de nous l'a jamais vu manquer à la moindre de ces règles, à un seul exercice commun? Une si parfaite exactitude dans une charge comme la sienne me paraît l'exercice de la plus grande mortification. Nous, simples ouvriers de la Compagnie, nous savons par expérience combien il en coûte pour ne pas manquer à certains points de l'observance religieuse : estimons par là quelle mortification suppose la fidélité rigoureuse à tous ces points dans une dignité si haute, sous le poids de tant de sollicitude, de tant d'affaires graves et difficiles. Tardait-on le moins du monde à donner le signal d'un exercice commun, il ne pouvait cacher sa peine. En voici un exemple étonnant : durant les souffrances de sa cruelle maladie, il arriva un jour, par accident, que le signal de la méditation fut retardé de quelques minutes : toute la matinée notre bon Père en fut vivement contristé, et comme on essayait de le consoler : « Sachez, dit-il, que cette infraction m'attriste plus que toutes mes douleurs. »

Cette mortification extérieure si parfaite était le fruit de la mortification intérieure dans laquelle consiste toute la sainteté. Le divin Sauveur, notre modèle, avait dit à son Père à son entrée dans le monde : « Mon Père, vous n'avez pas agréé les autres hosties... mais il est écrit de moi que je ferai votre volonté et je m'offrirai tout entier à vous en holocauste. » Donc, se renoncer soi-même, suivre Jésus-Christ la croix sur les épaules, voilà toute la vie intérieure; voilà, en deux mots, comment Jésus crucifié fait pratiquer aux siens le *vince teipsum;* formule précieuse que notre Père avait sans cesse à la bouche, et dont il faisait la règle de tous ses actes. Se vaincre soi-même était le but de tous ses efforts, son exercice de tous les instants. Non, je ne crois pas exagérer en disant qu'il ne s'écoulait pas un instant où il ne parût appliqué à remporter sur lui-même quelque victoire. C'est ainsi qu'il se dépouillait du vieil homme pour se revêtir du nouveau. De là cette préférence à parler de l'abnégation dans ses exhortations spirituelles, dont nous avons tous gardé le souvenir, et nous sentions bien que chaque parole sortait tout enflammée de son cœur. La même pensée trouvait place dans ses entretiens familiers, et souvent il nous répétait en conversation, comme un mot d'ordre militaire : *Non pas ce qui plaît, non pas ce qui plaît, mais ce que Dieu veut!* Par cette glorieuse victoire il acquit un tel empire sur tout son être, qu'on ne pouvait saisir en lui la moindre imperfection.

Quelle mesure et quel à-propos dans ses paroles, expression fidèle de sa prudence et de son cœur! comme il savait parler ou se taire suivant les circonstances! Art difficile que la plus haute perfection peut seule enseigner. Enfin, grâce à son empire absolu sur ses inclinations, personne n'aurait pu dire laquelle dominait en lui.

Cette abnégation fut la croix dont il s'était chargé les épaules, ou plutôt qu'il avait plantée au milieu de son cœur, pour en mieux sentir le poids, surtout depuis que le Seigneur lui avait commis le soin de toute la Compagnie. Il y a vingt-quatre ans accomplis, que dans la vingt-et-unième congrégation générale, bien que l'un des plus jeunes parmi les députés, il se vit élevé à cette charge suprême. Il me semble encore le voir assis sur son fauteuil, le visage abattu, les mains et les bras pendants sur ses genoux, tandis qu'on lui payait pour la première fois le tribut d'honneur et de respect dû au Père commun de toute la famille; c'était l'attitude d'un homme qui s'offre à Dieu comme une victime pour ses enfants, à l'exemple du divin Rédempteur s'offrant en sacrifice à son Père pour le salut des hommes. Il comprit dès lors qu'il ne s'appartenait plus, puisqu'il était préposé à la grande œuvre de salut à laquelle travaille notre Compagnie.

Au reste, Jean Roothaan, pauvre volontaire, humble, obéissant, mortifié, avait appris de bonne heure à combattre pour le salut des âmes à l'exemple et sous l'étendard de Jésus-Christ. Ces anciens et vénérables Pères, qui vinrent à nous chassés de la Pologne, nous racontaient comment, au milieu d'eux, bien jeune encore, il était saintement avide de travaux apostoliques; quel bonheur c'était pour lui de sacrifier son attrait pour les lettres à l'humble travail des missions de la campagne, et à l'administration des sacrements. Ils racontaient son zèle au moment où des prisonniers de guerre de divers États de l'Europe arrivèrent à Orsa : il courait tout haletant de l'un à l'autre, les consolant dans leur propre langue et leur procurant mille secours.

Mais aussitôt qu'il se vit préposé comme une sentinelle à la garde de tout notre Ordre, il comprit que le champ devenait plus vaste, il sentit qu'il était appelé non-seulement à être apôtre, mais à créer des apôtres et à les envoyer pour sauver les âmes dans tout l'univers. Aussi les premiers transports de son amour et de son zèle furent-ils dirigés sur la Compagnie, qu'il portait tout entière dans son cœur. Durant les vingt-quatre années qu'il la gouverna, il ne cessa d'en cultiver par sa parole, l'esprit intérieur, dans toutes les maisons et dans tous les colléges où il lui fut permis de se trouver. Il écrivait un jour au Recteur du Collége romain que trois fois par jour, en sortant de sa chambre, il s'imaginait visiter toute la Compagnie et bénir spécialement toutes les maisons et tous les colléges, comme s'ils étaient là présents à ses regards. Il travailla à développer cette généreuse disposition de charité dans le cœur de ses enfants, par cette lettre si pleine d'onction qu'il nous écrivit à tous sur l'amour de notre saint Institut. Il ralluma dans les âmes le saint zèle des missions, et leur donna un si grand essor qu'il mérita d'en être appelé le fondateur dans la Compagnie nouvelle. Un prélat lui témoignait un jour son étonnement de le voir envoyer quelquefois au milieu des barbares grossiers, certains esprits d'élite, lorsque des hommes médiocres y pouvaient réussir. « Ce n'est pas là mon avis, répondit le R. P. Roothaan ; je me crois au contraire obligé de donner aux missions les meilleurs sujets, puisque la propagation de l'Évangile est la plus grande de toutes les œuvres. » *Date, et dabitur vobis*, écrivait-il à ce sujet aux Recteurs de colléges et aux Provinciaux. Il ranima parmi nous, d'une manière sensible, le zèle pour les *Exercices spirituels* par une autre lettre circulaire, qui nous rappelait à l'étude approfondie et à la vraie intelligence de cet admirable livre; il en multiplia les éditions, en rendit l'usage plus fréquent, choisit des maisons de retraite et des religieux exercés à ce ministère, pour faire jouir les fidèles du bienfait des exercices.

Est-il un moyen qu'il n'ait tenté pour contribuer au bien de notre Compagnie? Il établit les nouvelles provinces de Venise, de Turin, de Lyon, de Toulouse, d'Autriche, de Belgique, d'Allemagne, de Hollande et du Maryland, les deux vice-provinces d'Irlande et du Missouri; il relève la mission de l'Archipel, fonde celle d'Erzégovie et de la Dalmatie, celles du Maduré dans les Indes, du Kiang-Nan dans la Chine, de l'Algérie, de l'île Bourbon, de Madagascar, des Montagnes-Rocheuses dans l'Orégon, de la Jamaïque, du Canada, et tant d'autres sur les plages de l'Amérique méridionale. Tout cela paraît peu de chose à son insatiable zèle. Oh! si vous l'aviez vu et entendu, au moment où il disait adieu à ces généreux enfants de la Compagnie, qui allaient porter au loin la bonne nouvelle de Jésus-Christ! alors son émotion était profonde, son œil animé, ses paroles embrasées; il se plaignait seulement de ne pouvoir aller en personne travailler avec eux. Ah! sans doute, vénérable Père, vous aviez de quoi vous consoler; car si, d'après saint Augustin, Saul, en gardant les vêtements des meurtriers de saint Étienne, l'avait lapidé par leurs mains, combien, à plus forte raison, aviez-vous part, avec vos enfants, dans leurs voyages, dans leurs périls, dans leurs travaux, au milieu de leurs prédications, de leurs fatigues, de tout ce qu'ils supportaient de douleurs et recueillaient de fruits à la plus grande gloire de Jésus crucifié! D'ailleurs, il ne se contentait pas d'ordonner le départ; il accompagnait les voyageurs de ses prières, les assistait de ses conseils, les soutenait par ses lettres, parlait pour eux devant le Souverain-Pontife, et ne négligeait rien pour que leurs efforts fussent secondés, leurs besoins secourus. Il voulait connaître par eux-mêmes le bien qu'ils opéraient; il tressaillait de joie à la lecture de leurs lettres, les communiquait aux autres avec bonheur, les répandait partout pour l'édification commune.

A ces œuvres de zèle dont il était l'âme, le R. P. Roothaan voulut chercher de nouveaux protecteurs auprès de Dieu, et multiplier les liens entre la Compagnie militante sur la terre et la Compagnie triomphante au ciel. Il obtint le titre de saint au bienheureux François de Hiéronymo; celui de bienheureux au grand apôtre des nègres, Pierre Claver, et aux deux martyrs de la foi, Jean de Britto et André Bobola. Il faudrait ajouter les quarante martyrs du Brésil, auxquels un décret apostolique va bientôt restituer leur culte primitif. Il fit déclarer héroïques les vertus des vénérables Pierre Canisius, Jean Berchmans, Louis Lanuza, et fit introduire la cause du Père Joseph-Marie Pignatelli.

Tant de vertus et de travaux lui méritèrent la récompense des parfaits : l'imitation entière de Notre-Seigneur Jésus-Christ. Après avoir porté dans son corps la mortification du divin Maître, il ne pouvait manquer de prendre part à sa passion intérieure et de boire le calice de Gethsemani. Elles furent grandes et amères les peines qu'il endura, grandes comme son amour pour la Compagnie qu'il voyait accablée de tribulations.

A peine était-il promu au gouvernement de notre Ordre : la France voyait ébranler le trône antique de ses rois. La Compagnie de Jésus en ressentit la secousse, puis la chute. Chassés des noviciats et des colléges, ses jeunes religieux s'exilaient sans hésiter dans les royaumes voisins : lui-même à Rome en recueillait l'élite entre ses bras. Bientôt la commotion gagna l'Italie : les colléges de l'Ombrie et de l'Émilie furent pillés ; à peine si leurs habitants purent échapper à la mort en s'exilant dans une île voisine. Cependant un rayon d'espérance brillait en Portugal et semblait promettre la réparation de l'ancienne iniquité ; mais un retour subit dans la politique poussa une fois encore les enfants de la Compagnie dans les prisons de Saint-Julien pour les faire de là repasser en bannis les frontières du royaume. Toutefois, au milieu de tant d'infortunes, notre bien-aimé Père pouvait encore nous encourager, comme il le fit dans une exhortation solennelle, par ces paroles assurantes: *Capillus de capite vestro non peribit.*

Peu de temps après, il n'en était plus ainsi. Dans les colléges de Madrid coulait le sang des Jésuites, et notre Père, le cœur navré, vit disperser et détruire cette province d'Espagne qui déjà réparait ses pertes et promettait des fruits de vertu dignes des anciens jours. Hélas! le sanglier de la forêt l'avait dévastée et les restes en furent jetés sur les plages de l'Amérique méridionale, pour y partager le sort des républiques du Nouveau-Monde. De là ces douloureuses et perpétuelles vicissitudes de fuites, de retours, d'exils, de rappels, de prospérités et d'adversités, de vie et de mort.

En France, le ministère et les chambres ne tardèrent pas à menacer de concert les principes essentiels de notre existence; et si le dommage qui en résulta pour cette province fut petit, grandes furent la tribulation de notre Père et l'amertume qui abreuva son cœur. A la même époque, grâce aux menées du parti radical, grondait en Suisse un volcan terrible qui bientôt fit éruption avec un horrible fracas. Alors il n'y eut pas plus de mesure aux douleurs de notre chef qu'il n'y en avait à nos pertes. A partir de ce moment, Jean Roothaan fut comme un autre Job : on n'avait pas fini de lui raconter un désastre que l'annonce d'un plus grand était arrivée. Autour de cette maison et sous ses fenêtres il entendait encore retentir les cris et les hurlements d'une populace barbare qui, l'imprécation et les malédictions à la bouche, fêtait la ruine de la Compagnie et du catholicisme en Suisse; et voilà qu'en même temps il lit dans les feuilles publiques que la Compagnie est immolée à la *rédemption de l'Italie*, en Sardaigne, en Ligurie, en Savoie et dans tout le Piémont. Il sortait à peine de sa première stupeur, quand arrivent d'autres nouvelles non moins sinistres : nos colléges de Lombardie viennent de tomber sous les coups, pareils à des édifices qu'un tremblement de terre renverse les uns sur les autres, mêlant les ruines aux ruines, les débris aux débris. Aujourd'hui, exil des Pères de Venise, le lendemain, pillage des maisons du Tyrol, de l'Autriche, de l'Allemagne, de la Galicie : et sans abri, sans guide, souvent même sans pain, Pères et Frères fugitifs errent à l'aventure.

Cependant la tempête approchait toujours. Au milieu des vociférations d'une soldatesque insolente et de la stérile compassion d'un peuple stupéfait, nos pères quittaient Naples et tout le royaume, escortés comme des brigands à travers les contrées populeuses. On allait jeter ces paisibles religieux sur des navires de charge et les porter, loin des frontières, comme une marchandise infectée de la peste. Dès lors plus de doute sur le sort qui menaçait Rome. Çà et là, dans cette province romaine, les Jésuites étaient réduits à fuir en secret, ou cédaient à la violence armée. Dans la capitale même, ce n'était que soupçons, terreurs, incertitudes, périls, menaces et insultes. Et pourtant, tout cela n'eût jamais pu déterminer notre vénéré Père à quitter le poste qui lui était confié, si le Vicaire de Jésus-Christ ne l'eût invité à mettre en sûreté sa vie et celle de ses enfants. Il se recueillit alors et réfléchit ; puis se reposant de tout sur la Providence divine, il alla se prosterner devant la tombe de notre P. Ignace. Là, il pleura sur l'Église, pria pour tous ses enfants, éloignés ou près de lui, pour ceux qui fuyaient, pour ceux qui demeuraient, et confiant à notre saint fondateur le sort de toute la Compagnie, sans bruit, sans nous rien dire de sa fuite, il fit voile vers la France, exilé de Jésus-Christ. Rien de semblable n'avait encore paru dans les annales de la Compagnie. Jamais le général de l'Ordre n'avait visité en personne tant de provinces si éloignées les unes des autres. Que dites-vous, vénérables Pères, quand tout à coup se montra à vos yeux cette vertu en exil? Grâces vous soient rendues, oui, grâces éternelles, pour l'admirable charité avec laquelle vous avez recueilli dans vos bras ce grand nombre de Frères qui se réfugièrent près de vous, bannis de cette terre d'Italie! mais que la récompense de cette généreuse hospitalité fut douce! Le Père commun passa comme un ange consolateur par vos maisons et vos colléges, en France, en Belgique, en Hollande, en Irlande, en Angleterre : presque tous vous l'entendîtes parler votre langue maternelle, donner les saints exercices ou de pieux triduum. Partout ses touchantes exhortations, ses conversations particulières stimulèrent la ferveur dans les âmes, augmentèrent l'amour de notre vocation et la confiance en Dieu.

L'horizon s'éclaircissait un peu du côté de l'Italie : si ce n'était le calme, c'était du moins une trêve. Le R. P. Roothaan put aborder aux rivages de Naples, puis saluer ceux de Sicile et répandre sur les communautés renaissantes la joie et les bénédictions. Il revint enfin dans cette maison environ deux ans après l'avoir quittée. Nous le vîmes reparaître avec la joie des orphelins retrouvant un père qu'ils croyaient perdu... Et quel père!... Mais, hélas! il n'était plus le même : son visage était altéré, son corps un peu courbé, ses forces abattues, sa respiration pénible. Dès les premiers temps qui suivirent son retour, il parut avoir le pressentiment de sa fin prochaine. Jusque-là, il avait bu au calice de Gethsemani, et par ses peines intérieures il était devenu semblable au cœur souffrant de Jésus-Christ, objet constant de son amour et de son zèle : désormais, sans quitter ce calice d'amertumes intérieures, il eut encore le bonheur de retracer, dans sa chair, la passion de son bien-aimé.

Ce fut par un admirable conseil de la Providence, vénérables Pères, que, contre l'usage, vous ayez été convoqués par lui en congrégation générale. Voulait-il se décharger du grand fardeau ou du moins s'en faire alléger le poids? Ou bien, pressentant sa dernière heure, désirait-il pourvoir à l'élection d'un successeur? Déjà souffrant depuis trois années, il éprouva dans la nuit du 7 février une crise imprévue et violente : nous crûmes le perdre avant d'avoir su qu'il était malade. Échappé, grâce à Dieu, des bras de la mort, il nous fut conservé encore trois mois; mais en quel état! sa vie ne fut plus qu'une mort prolongée. Le corps à moitié paralysé, tantôt comme crucifié sur son lit, tantôt immobile sur un fauteuil, il ressentait nuit et jour les plus cruelles douleurs; et toujours la résignation dominait la souffrance : « Oh! combien je souffre! disait-il, ce sont vraiment les douleurs de la mort qui m'environnent; je sens comme un feu dans mes os! » Il sut que l'on faisait des prières pour lui et que la Province romaine avait offert un vœu pour obtenir sa guérison : « Mes Pères prient Dieu pour me conserver la vie, disait-il, et ils ne voient pas que c'est prolonger mes souffrances: mais ceci encore est bien. Merci, oh! merci! »

Ces tortures du corps préparaient son âme à l'éternelle félicité. Souvent, les yeux baignés de larmes, il s'écriait : « Oui, Dieu m'a fait comprendre qu'il m'a pardonné mes péchés. » Qu'il faisait beau l'entendre, au milieu de ses gémissements et de ses soupirs, parler du mystère de la souffrance, des douleurs de Jésus-Christ qui s'accomplissent en nous, puis de Jésus-Christ souffrant avec son disciple, de son amour, de sa miséricorde, de ses promesses, de sa gloire! Les pensées les plus sublimes, les images les plus douces répandues dans les psaumes de David, les plus admirables sentences du livre des Exercices coulaient de ses lèvres comme le miel. Oh! qui de nous l'entendit parler dans ces moments sans en être ravi? Qui recueillit les explications nouvelles qu'il donnait de certains passages de l'Écriture sans les garder depuis comme un trésor? Le spectacle de cette piété touchante portait à la perfection. Nous sortions d'auprès de lui attendris jusqu'aux larmes, surtout lorsque serrant avec force la main de ceux qui baisaient la sienne, il les remerciait avec effusion, s'étonnant qu'on pût penser à lui. Et, non-seulement les religieux de la Compagnie, mais aussi les personnes du dehors, laïques et ecclésiastiques, le quittaient avec cette impression et racontaient de lui des choses merveilleuses. Son âme vivait moins sur la terre que dans le ciel où l'emportait l'ardeur extrême de ses désirs. Peu de jours avant sa maladie, prenant congé d'une personne très-familière avec lui, il lui répéta jusqu'à trois fois et fort distinctement, que le mois de mai était proche; qu'elle se tînt bien pour avertie, parce que c'était un grand mois; et il insistait sur ces paroles avec tant de chaleur, qu'en y réfléchissant, cette personne craignit pour elle-même. Dans le cours de sa maladie, de temps en temps, il revint à parler du mois de mai, il rappelait à son infirmier qu'au mois de mai tout serait fini; au Père Vicaire, il disait, pour le consoler, que le mois de Marie viendrait bientôt, et qu'il fallait s'en réjouir, car c'était le plus beau de tous les mois. « On y célèbre, ajoutait-il, tant et de si touchants mystères de notre rédemption : l'Ascension de Jésus-Christ, la descente du Saint-Esprit, la fête du Très-Saint-Sacrement. » Quelquefois, avec d'autres personnes, il aspirait vers ce mois comme vers le moment où la divine Mère, dont il avait toujours été le fils le plus tendre et le plus aimant, devait enfin couronner tous ses vœux. Le mois de mai fut, en effet, l'époque de la récompense. La vie n'était déjà plus, pour notre Père, qu'une suite de cruelles souffrances. Cependant, au lieu de tendre à une dernière crise, le mal semblait devenir chronique; nous espérions conserver notre chef au moins jusqu'à l'époque de votre arrivée, ô Pères vénérables! Tout à coup, le 7 mai, vers midi, le malade eut un redoublement qui précipita sa fin, et le lendemain, à la même heure, au milieu des soupirs et des larmes de ses enfants groupés autour de lui, il cessa, en même temps, de vivre et de souffrir. C'était l'heure même où, dans notre église, le peuple était réuni en foule pour l'exercice du mois de Marie. L'ordre des méditations avait amené, pour ce jour-là, celle de la mort : notre bien-aimé Père en fournissait un exemple bien digne d'envie.

Salut, âme bienheureuse, toi qui nous l'espérons, as revêtu dans le ciel la ressemblance de ton Dieu, après avoir toujours cherché avec tant de zèle à lui ressembler sur la terre. Du port tranquille où tu reposes, jette un regard sur tes enfants orphelins, ballottés encore au milieu des flots, sur cette barque de la Compagnie que tu as dirigée pendant vingt-quatre ans à travers tant de vicissitudes et que tu viens de laisser à la merci des vents et des tempêtes. Tu nous aimais tant sur la terre quand tu pouvais moins, quel sera ton amour dans le ciel où tu peux bien davantage! Viens donc nous assister encore et nous consoler. *Tu nous as laissé ton manteau* dans les admirables exemples de tes vertus, dans tes lettres encycliques, précieux monument de ton zèle et de ta piété; fais descendre maintenant sur nous ton double esprit: *Fiat in nobis spiritus tuus duplex!* Si nous devons encore attendre quelque visite du Seigneur, semblable à celle qui vient de finir et dont nous respirons à peine, que, grâce à ton intercession, elle se change en visite de paix et de consolation, et qu'aucun orage ne nous chasse désormais de nos sacrés asiles. Ah! bien plutôt, toi-même avec amour, visite encore une fois ta vigne chérie! Et maintenant que de toutes parts le Ciel en réunit ici comme la fleur, obtiens d'en haut la lumière au successeur que Dieu te destine; et que le souffle de l'Esprit-Saint, renouvelant par lui la terre de nos âmes, l'embellisse et la féconde pour l'éternité!

APPENDICES.

I.

Naissance et éducation.

Jean-Philippe Roothaan naquit à Amsterdam, le 23 novembre 1785. Son père, Mathias Roothaan, était chirurgien; sa mère se nommait Marie-Angèle Terhorf. Ses ancêtres étaient calvinistes; mais son grand-père avait eu le bonheur de rentrer dans le sein de l'Église catholique. Depuis cette conversion, la famille se distingua toujours par sa piété.

Le jeune Roothaan montra dès sa tendre enfance les plus heureuses dispositions pour les sciences et pour la vertu. Ses parents l'élevèrent avec le plus grand soin et le confièrent de bonne heure au Père Adam Beckers, de Saint-Trond, Jésuite qui résidait à Amsterdam. Ce religieux déployait le plus grand zèle pour les intérêts du catholicisme ; la Compagnie lui doit en grande partie sa conservation en Hollande. En 1805, il devint supérieur des Jésuites de cette mission.

Roothaan fit ses humanités au gymnase d'Amsterdam, y fréquenta l'athénée et suivit les cours particuliers de littérature grecque du célèbre David-Jacques Van Lennep, mort le 10 février dernier, trois mois à peine avant son illustre élève. Il remporta plusieurs prix à l'athénée pendant son cours d'études. Son humilité souffrait de ces honneurs; il alla même jusqu'à laisser à d'autres un prix qu'il aurait pu obtenir. Son application ardente et soutenue inspira des inquiétudes pour sa santé.

On raconte une petite anecdote. Ses parents se servaient d'industries pour l'empêcher de veiller tard : entre autres moyens employés, ils ne lui donnaient, le soir, qu'un petit bout de chandelle. L'étudiant fut plus industrieux : il ramassait tous les morceaux de chandelles qu'il pouvait trouver dans la maison et prolongeait ainsi ses veilles avec sa lumière.

Le savant professeur Van Lennep avait pour lui une grande estime; et Roothaan, avec une rare constance, se montra toujours digne et reconnaissant des égards particuliers de son maître. On conserve encore le souvenir que l'élève laissa à son professeur. C'est un hommage de respect et de gratitude, exprimé en style lapidaire :

Viro
Doctissimo
Amplissimoque
Davidi Jacobo van Lennep
J. U. D. et in Ill. Amst. Athen.
Hist. eloq. cet. Professori
Grati pignus animi
maxima reverentia
obtulit
J. P. Roothaan
cum
ipso viro cl. duce
Litteras græcas, oratione publice
habita, commendasset
12 Kal. Julii
MDCCCIII.

II.

Départ pour la Russie.

L'histoire a ses profonds mystères.

Des cours catholiques étaient parvenues à soulever les passions contre la Compagnie de Jésus et à préparer sa ruine; un Souverain Pontife avait cédé à tant d'obsessions et supprimé son armée d'élite, cette garde qui meurt pour la foi et ne se rend pas aux ennemis de l'Église. Et voilà qu'au milieu de ces persécutions essuyées de la part de leurs frères dans la croyance, les Jésuites trouvent des cœurs équitables et compatissants dans des pays où la pensée humaine ne leur aurait pas dit de les chercher. La Providence leur réservait un asile pour les jours mauvais : deux souverains puissants, mais séparés de l'Église, recueillent avec bienveillance, nous dirons même avec respect, les restes du naufrage. Frédéric II de Prusse, luthérien, et Catherine II de Russie, schismatique, ont le discernement de leur position élevée et le courage de la justice : ils permettent aux Jésuites de rester dans leurs États.

Le pape Clément XIV lui-même toléra cette existence.

En 1804, le jeune Roothaan conçut le projet d'abandonner le monde, son pays et sa famille pour suivre, dans la Russie Blanche, la vocation qui se manifestait en lui; plus de trois cents Jésuites y étaient rassemblés de tous les points du globe. Il avait alors dix-neuf ans. Parti d'Amsterdam, il arriva au collége de Polotsk avec une lettre de son professeur, écrite en latin et adressée aux Jésuites de la Russie. Nous la reproduisons en entier, ainsi que la traduction insérée dans le *Catholique des Pays-Bas* du 7 septembre 1829, d'après l'*Algemeen Nieuws en Advertentie-Blad*, de Hollande.

REVERENDIS PATRIBUS E SOCIETATE JESU.

David Jacobus van Lennep, in illustri Amstelodamensium Athenæo litterarum humaniorum professor,

S. P. D.

Joannes P. Roothaan quatuor annis hujus illustris Athenæi civis fuit; quo tempore cum mihi, tum aliis præceptoribus suis se ita probavit, ut dilectissimum discipulum, non nisi inviti, à nobis dimittamus; sed cum litterarum trivialium omne jam curriculum emensus, animum ad severiora studia, maxime theologica, adverterit, iis autem in hac urbe promovendis neque locus satis idoneus, neque occasio esset, alium locum, alias occasiones circumspiciens, omniaque rite perpendens, tandem ad vos, Viri Reverendi, studiorum causa, se conferre, vos sanctissimos, prudentissimosque duces et magistros sequi constituit. Noram equidem, noram profecto, quanta essent vestræ Societatis ab antiquissimo tempore in omnem litterariam rempublicam, in omnes bonas artes atque disciplinas egregia et nunquam obliteranda merita; noram illud esse vestræ rationis atque institutionis decus, ut vel maximos nominis vestri obtrectatores subinde in laudationem sui verteret; tum et veterem illam gloriam vos servare tuerique intactam, novis etiam meritis augere, constans apud nos ferebat fama.

Jam vero is est J. P. Roothaan, ut si ad præclaras illas animi ingeniique dotes, quibus nunc jam eminet, talis qualem vestram esse audivimus, institutio accedat, nihil non egregium ab eo sperari exspectarique possit. Etenim litteras græcas et latinas, non ut multi solent, leviter attigit, sed in eas prorsus se insinuavit. Nullum non intelligit scriptorem, ad nullius vim ac stylum non assurgit, in Cicerone, Demosthene, Platone, græcis etiam tragicis, ita versatus est, ut accuratius fieri non possit. Auctores etiam veteres non ad animi tantum oblectationem, sed ad usum etiam fructumque vitæ legere, nihilque non eo conferre solet. Porro cum per se jam acri judicio valeret, illud etiam Logica Dialecticaque et omni omnino philosophia frequentandis, acuit in dies atque exercuit. Animi vero dotes habet eas, ut pleniorem officii, probitatis, humanitatis, mansuetudinis adolescentem non modo nullum viderim, sed ne cogitari quidem possim.

Illum igitur adolescentem, illum, inquam, múltis mihi nominibus acceptum, vobis jam, Reverendi Patres, majorem in modum commendo. Faxit Deus Optimus Maximus ut ei per vos potissimum doctrinarum atque virtutum omnium quasi cumulus accedat; atque reducem aliquando videamus, illis jam locupletatum bonis, quorum acquirendorum spe, profectionem ad vos longam et periculosam instituit. Valete.

Scribebam Amstelodami, ipsis Idibus Maji MDCCCIV.

« Jean-Philippe Roothaan, élève de l'athénée d'Amsterdam, nous a tellement satisfaits, mes collègues et moi, pendant les quatre années qu'il a suivi nos leçons, que nous voyons avec un profond regret s'éloigner de nous un disciple aussi cher. Après avoir fini son cours d'humanités, il voulut se livrer à l'étude de la théologie; mais notre ville ne lui offrant pas de moyens suffisants de se perfectionner dans cette partie, il a porté ses vues ailleurs, et après mûre délibération, il résolut de s'adresser à vous et de se mettre sous la conduite d'instituteurs si vertueux et si éclairés.

» Je n'ignore pas combien furent éminents les services rendus par votre Société dans toutes les branches des connaissances humaines. C'est une gloire propre à votre institution de forcer ses détracteurs les plus acharnés à lui payer un juste tribut d'éloges; non-seulement vous conservez intacte cette gloire antique, mais vous savez encore la rehausser par de nouveaux titres.

» Tel est le mérite de J. Roothaan que si à ses excellentes qualités du cœur et de l'esprit il joint encore celle de membre d'une institution comme la vôtre, il n'est rien d'éminent qu'il ne faille attendre de lui. D'autres retiennent de leurs premières études une connaissance toute superficielle des lettres grecques et latines; pour lui, il en est imbu; nul auteur qu'il n'ait approfondi, nul genre de beautés littéraires dont il ne sache imprégner son propre style. Il serait difficile de posséder mieux que lui Cicéron, Virgile et les tragiques grecs. En lisant les anciens, il ne recherche pas seulement le plaisir de la lecture, mais encore des règles de conduite. Devenir meilleur est le but principal de ses travaux. Doué d'un jugement solide, il a su perfectionner encore ce don en suivant assiduement les cours de logique, de dialectique, en un mot, les différentes parties de la philosophie. Pour ce qui est des qualités du cœur, je ne saurais me représenter un jeune homme plus accompli sous le rapport de l'honnêteté, de la douceur, enfin de l'attachement à ses moindres devoirs.

» Je vous recommande donc, Révérends Pères, de la manière la plus instante, un élève dont j'apprécie à tel point le mérite. Puisse-t-il être orné par vous de sciences et de vertus ! Puissions-nous le revoir un jour dans sa patrie enrichi des dons pour la conquête desquels il entreprend un long et périlleux voyage.

» Amsterdam, 15 mai 1804. »

Le professeur, quoique protestant, ne craignit pas de donner à la Compagnie cet éclatant hommage. Roothaan avait répondu par une lettre la veille de son départ. Il ne manqua jamais depuis, même pendant son généralat, d'écrire chaque année une lettre à son ancien professeur.

III.

Noviciat.

Roothaan avait eu pour compagnons de voyage les P. Henry et Malevé. Il parle du trajet dans une lettre adressée de Dunebourg, le 5 juillet 1804, au P. Beckers, qui demeurait encore à Amsterdam [1]; voici ses paroles :

« Après un heureux voyage, je me trouve enfin où la bonté divine a daigné m'appeler. Je vous dois une grande reconnaissance pour tous les bienfaits que j'ai reçus de vous depuis mon enfance. C'est surtout à vous, après Dieu, que je dois le bonheur dont je jouis. Je trouve ici dans le noviciat une obéissance gaie et une modestie qui m'édifient et me confirment dans l'idée que j'ai toujours eue de la Société. »

[1] La famille Roothaan conserve plusieurs lettres écrites par Jean-Philippe, pendant son séjour en Russie. Elle a bien voulu nous permettre d'en faire prendre des extraits. Nous lui en témoignons ici toute notre reconnaissance.

Parmi ces lettres, les unes portent deux dates, celle du calendrier russe et celle du calendrier grégorien ; les autres n'en portent qu'une seule. C'est la confusion de ces deux calendriers qui a causé des doutes sur la date du jour de l'entrée du P. Roothaan au noviciat, le 18 juin 1804, nouveau style.

Dans une autre lettre datée de Dunebourg, le 4 juillet 1804, il s'exprime en ces termes : « Du 20 juin au 27, nous restâmes chez les Pères à Riga. Nous arrivâmes le 30 à Dunebourg, où nous fûmes reçus avec cette affection que nous avions lieu d'attendre d'après ce que nous avions éprouvé à Riga ; le bonheur que je ressens est inexprimable. Le véritable esprit de la Compagnie et l'observance exacte des règles de saint Ignace sont en vigueur parmi tous les membres du collége... Tout y est édifiant : la ferveur des novices dans l'accomplissement de tous les devoirs, le contentement peint sur leurs visages, tout cela me fournit de si beaux exemples. Il s'agit ici surtout du perfectionnement du cœur ; je quitte pour quelque temps les études, afin de ne m'occuper que du changement et du perfectionnement de moi-même. Que le bon Dieu m'accorde que je puisse bien employer ce temps heureux, et que je puisse obtenir les vertus si nécessaires à tous ceux qui veulent un jour travailler avec fruit au salut du prochain... » « Je commence, » dit-il plus loin, « les années les plus agréables de ma vie. Je souhaiterais pouvoir vous faire participer à ma joie. Priez le bon Dieu que j'emploie dignement cette grande grâce du Seigneur, d'avoir été appelé à un état si saint. »

Le 1er (13) juillet de la même année, fête du sacré Cœur de Jésus, le novice se revêtit de l'habit ecclésiastique [1].

Dans une lettre du 30 novembre 1804, le jeune Roothaan parle du bonheur qu'il éprouve : « Depuis cinq mois que je le porte, dit-il en parlant de l'habit, ma joie augmente toujours. » Toutes ses lettres montrent son esprit religieux, sa gaîté, son contentement. Il expose avec candeur la charité des supérieurs pour ses moindres infirmités (winterhanden). Quant à ses études : « J'apprends, dit-il, la connaissance de Dieu et de moi-même; j'apprends l'humilité sans laquelle les études ne sauraient être sûres; j'apprends à travailler à la plus grande gloire de Dieu (A. M. D. G.); en un mot j'apprends à devenir Jésuite, c'est-à-dire, compagnon et imitateur de Jésus-Christ, et pas autre chose. »

Au noviciat plus encore que pendant ses premières années d'étude, son humble modestie lui faisait cacher ses rares qualités. Voici ce que

[1] La cérémonie connue dans d'autres Ordres sous le nom de *prise d'habit*, n'a pas lieu dans la Compagnie de Jésus. Saint Ignace n'a prescrit aucun costume particulier pour son Ordre; il a voulu seulement que l'habit fût honnête, conforme à l'usage des prêtres du pays où l'on se trouve, ou du moins peu différent de cet usage, et en rapport avec le vœu de pauvreté.

nous écrit à ce sujet le P. Henri Guillemaint [1], co-novice du P. Roothaan :

« Tout ce que je puis dire du très-révérend P. Roothaan, novice en Russie, c'est qu'il était pour tous un grand exemple de modestie, de piété et de cordialité. Simple, ponctuel, sans empressement, il remplissait tous les devoirs d'un novice accompli. On ne lui a jamais soupçonné ni les connaissances ni les talents qu'il a déployés plus tard. J'aurai tout dit en assurant qu'il annonçait une âme vraiment intérieure. Aussi je ne doute nullement que, en le perdant, nous avons gagné un grand intercesseur auprès du Père céleste, et c'est de tout mon cœur que je me recommande à ses prières... »

Pendant son noviciat, Roothaan voyait une abondante moisson se préparer à son zèle. L'empereur Alexandre ne cessait d'employer la milice infatigable de Loyola pour le bien de ses sujets et la tranquillité de ses États.

IV.

Régence.

Après les deux années de noviciat, Roothaan

[1] Le P. Henri Guillemaint est belge, né à Basse-Wavre en 1771 ; son frère, le P. Jean-Baptiste Guillemaint, y est né en 1780. Nous reproduirons aussi son témoignage.

fut admis à faire ses vœux de Religion, le jour de la fête de saint Louis de Gonzague, 21 juin 1806. Ensuite on le mit dans les classes du collége de Dunebourg pour y enseigner le cours inférieur de grammaire; il devint plus tard professeur du cours moyen et du cours supérieur de grammaire (cinquième, quatrième et troisième). L'enseignement le perfectionna dans l'étude des langues anciennes.

C'est alors que ses talents durent se montrer au grand jour et relever encore l'éclat de ses vertus.

Voici un extrait d'une lettre datée de Dunebourg, le 27 septembre 1806, et écrite par le P. Jean-Baptiste Guillemaint [1] qui était novice de seconde année dans le collége de Dunebourg au moment où le P. Roothaan y faisait ses années de régence :

« Le noviciat qui est présentement de quarante-cinq novices (trois ont reçu l'habit aujourd'hui), est presque entièrement composé de Polonais, d'Allemands, de Belges et de Français. La diversité des âges est très-grande : il y en a depuis quatorze ans jusqu'à trente à quarante

[1] Le P. Henri Guillemaint était alors missionnaire en Asie près du Caucase

ans. Cependant (c'est admirable, je dirais même miraculeux !) quelle union et quelle charité règnent ici ! On n'entend parmi nous ni plainte ni murmure; une parole brusque est chose inouïe. Enfin sans aucun égard à la diversité de nation, d'âge, de tempérament ou d'éducation, nous n'avons qu'un cœur et qu'une âme.

» Entre plusieurs de ceux qui ont achevé le noviciat cette année, je vous en nommerai deux : le premier parceque je ne doute pas que son nom ne devienne célèbre dans quelques années, à cause de la vertu extraordinaire du sujet, qui paraît avoir acquis une sainteté consommée, quoiqu'il n'ait que vingt et un ans; il est outre cela doué des talents les plus rares; il sait la langue hollandaise, la française, la latine, la grecque, l'hébraïque, etc.; il a déjà prêché dans l'église en polonais. Si vous voulez le mieux connaître, lisez la vie de Jean Berchmans : c'est la sienne. Il est natif d'Amsterdam et se nomme Jean Roothaan. »

Plusieurs lettres du P. Roothaan, datées de Dunebourg et conservées encore à Amsterdam, montrent que le jeune religieux conservait le souvenir chéri de sa famille. Il en écrivit une, le 4 (16) juillet 1809, à son père pour le consoler de la perte qu'il venait de faire dans la personne de son épouse. Cette pièce est éloquente par les sentiments d'amour filial du religieux envers sa mère qui venait de mourir, et envers son père que cette perte rendait inconsolable.

Le P. Verbeeck avait assisté la dame Roothaan dans ses derniers moments ; le jeune religieux lui écrivit une lettre de Polotsk, en date du 10 janvier 1810, pour le remercier des soins qu'il avait eus de sa mère. Le même jour, il écrivit à son frère pour le féliciter du mariage qu'il venait de contracter. Dans une lettre du 12 (24) août 1808, il avait rapporté, entre autres choses, plusieurs faits miraculeux de saint François de Hieronymo ; ayant appris l'intérêt qu'excitaient ces nouvelles, il en continua la série dans une lettre du 12 mars 1809.

V.

Études scolastiques. Ordination.

Selon la coutume de la Compagnie, après le noviciat et quelques années de régence, Roothaan fut envoyé aux études théologiques, dans le collége de Polotsk.

En 1812, il reçut les ordres sacrés : il fut ordonné sous-diacre le 23 janvier (4 février), diacre le 25 janvier (6 février), prêtre le 27 janvier (8 février). Voici en quels termes il s'empresse d'annoncer à son père le bienfait qu'il venait de recevoir : « L'unique chose que je désirais pour moi sur cette terre et qui fut, depuis mon enfance, comme le but de mes études, le bonheur pour lequel, après la volonté de Dieu et sa plus grande gloire, tous les travaux et toutes les difficultés ne me coûtaient rien, ce bonheur m'est échu en partage. »

« Si je suis loin de vous, dit-il encore ailleurs, mon amour n'est pas diminué; au contraire, il est plus pur et plus agréable à Dieu. Certes par ses grâces il vous dédommagera abondamment des consolations qu'ont les parents de la présence de leurs enfants. »

Le P. Roothaan passa son grand examen pour le grade de profès, au mois d'avril 1812, une année plus tôt qu'on n'a coutume de le faire dans la Compagnie. Les grands événements qu'on prévoyait furent probablement la cause de cette anticipation.

« La guerre éclatait : Napoléon se précipitait sur la Russie. Retirés au sein de leurs colléges, les Jésuites n'éprouvèrent que le contre-coup des calamités. Ils virent passer l'empereur des Français marchant à la conquête de Moscou. Ils le reçurent à Witepsk, où Napoléon aimait à s'entretenir avec le Père Lange, mathématicien distingué; puis, au retour de la grande armée, dans cette conjuration des éléments contre la valeur, ils accoururent offrir au corps du maréchal de Bellune les services de charité qu'ils avaient déjà rendus à celui du maréchal Gouvion-Saint-Cyr. Au milieu de ces combats gigantesques dans lesquels se jouait le sort du monde, les Jésuites n'avaient que des souffrances à attendre. Le Père Richardot devint l'ami des soldats français, ses compatriotes; et dans la bonne fortune ainsi que dans la détresse, on vit tous les enfants de saint Ignace s'attirer les respects des deux armées par une humanité qui ne se démentit jamais. Douze Pères moururent victimes des maladies contagieuses [1]. »

VI.

Professorat.

En septembre 1812, pendant que les Français étaient à Moscou, le P. Roothaan reçut ordre de se rendre à Pusza, pour y enseigner la rhétorique aux jeunes gens de la Compagnie qui finissaient leurs deux années de probation. Ce cours est une espèce d'école normale où les membres de la Compagnie sont formés à l'en-

[1] *Hist. de la Compagnie de Jésus*, par Crétineau-Joly

seignement de la grammaire et des belles-lettres [1].

On ne lira pas sans intérêt un passage d'une lettre du P. Palmain, actuellement à Louvain, qui connut le P. Roothaan à Pusza.

« Je l'ai vu, dit-il, pour la première fois en 1815, lorsqu'il était professeur de rhétorique de nos scolastiques dans la maison du noviciat de Pusza en Russie. Il était alors, comme toujours, un modèle de régularité, de modestie, de mortification, de piété. Le recteur et le maître des novices ne manquaient pas de le proposer aux scolastiques et aux novices comme le modèle qu'ils devaient s'efforcer de suivre.

» Je pense que le P. Roothaan a dû beaucoup souffrir pendant quatre ans qu'il est resté dans cette maison. Elle était incommode, composée de différentes habitations bâties en bois. Pour aller du quartier où demeurait le P. Roothaan avec les scolastiques, soit à la chapelle, soit au réfectoire, soit chez le supérieur, etc., il fallait traverser une longue cour, en marchant dans la boue ou dans la neige pendant six mois de l'an-

[1] On avait transporté le noviciat à Pusza dans une maison de campagne d'un seigneur polonais, depuis que le gouvernement russe, voulant faire une place forte de la ville de Dunebourg, s'était emparé de la maison que la Compagnie y habitait.

née. Cependant jamais il n'a fait entendre aucune plainte, ni montré quelque signe de mécontentement.

» On remarquait en lui un grand respect, une parfaite soumission, un attachement sincère à ses supérieurs. Le P. Roothaan était professeur de rhétorique, quand mourut son ancien maître des novices; il a voulu lui-même écrire la biographie de ce premier directeur spirituel.

» Il disait toujours la sainte Messe avec la plus grande dévotion; il ne paraissait monter à l'autel qu'armé d'un instrument de pénitence. Il offrait ce saint Sacrifice toutes les fois qu'il y avait possibilité de le faire. Pendant les voyages, il ne prenait rien s'il avait l'espoir qu'arrivé au terme de la route, il pourrait dire la sainte Messe, dût-il rester à jeûn jusqu'à midi.

» Il s'acquittait avec un entier dévouement de son emploi de professeur, lors même que le nombre des scolastiques était bien petit. Ainsi il y eut une année où ils n'étaient que six ou sept; un si petit auditoire est peu encourageant pour un professeur; cependant il faisait la classe le matin et le soir; il donnait presque tous les jours à ses élèves les points de la méditation; il faisait souvent la méditation avec eux, en rappelant à haute voix les points et en suggérant différentes considérations analogues.

Il leur donnait une instruction spirituelle tous les samedis, la retraite annuelle et le triduum des deux renouvellements des vœux qui ont lieu chaque année. Comme il y avait quelques scolastiques qui allaient tous les dimanches faire le catéchisme aux enfants des fermes voisines, le P. Roothaan leur donnait chaque fois une feuille écrite de sa main qui renfermait la leçon du catéchisme que l'on devait apprendre aux enfants. On le voyait avec ses scolastiques en récréation et en promenade, toujours occupé à les instruire et à les édifier. »

Le P. Roothaan ne s'acquittait pas avec moins de succès de l'enseignement des langues et des belles-lettres. « Il justifiait pleinement les éloges que Van Lennep avait donnés à ses connaissances littéraires. Aussi commença-t-on dès cette époque à s'en rapporter à ses lumières pour la direction générale de cette branche des études dans la Compagnie de Jésus ; des correspondances s'établirent entre lui et d'autres professeurs de littérature, dont il devint ainsi le guide, tandis que le P. Rozaven travaillait de son côté à donner une sage direction aux études philosophiques de ses confrères [1]. »

L'année suivante, le P. Roothaan devint pro-

[1] Notice nécrologique, publiée par le *Journal de Bruxelles*.

fesseur de grec et d'hébreu dans l'académie de Polotsk [1]. Par suite de l'invasion des Français, il dut quitter cette ville avec d'autres Jésuites.

Ensuite il enseigna encore la rhétorique à l'école normale de la Compagnie à Orsza [2], et y cueillit les mêmes fruits de science et de vertu.

Dans le même temps, il ne laissa pas de se livrer à l'exercice du ministère sacré. Il avait acquis une connaissance si profonde de la langue polonaise qu'il prêchait la parole divine à d'immenses auditoires et avec des fruits considérables dans l'église d'Orsza. L'année 1819-1820, il y était chargé de visiter la prison. Comme ce n'était qu'une prison de passage, il ne manquait pas de s'y rendre tous les jours pour voir les nouveaux venus. Durant le peu de temps qu'ils y restaient, il avait soin de les instruire, de les confesser et de les faire communier. Il était *operarius* [3] à Orsza, depuis un an et demi, quand parut l'ukase fatal de l'empereur de Russie, daté du 20 décembre 1815.

La jalousie haineuse des popes, des universités et de la société biblique avait préparé ce

[1] Lettre datée de Pusza, le 25 juillet (6 août) 1814.

[2] Lettre datée d'Orsza, le 24 août (5 septembre) 1816.

[3] On donne le nom d'*operarius*, ouvrier, aux Pères qui sont appliqués aux fonctions de la prédication et du confessionnal.

décret ; il ne formule d'autre grief contre les Jésuites, que celui d'avoir attiré à la religion catholique des femmes et des élèves. L'empereur Alexandre avait été mal instruit ; la vérité vraie parvient difficilement aux oreilles des meilleurs souverains même[1]. Quand le ministre Galitzin eût lu le décret d'exil au général Brzozowski, ce noble vieillard, reconnaissant l'autorité de l'empereur, se contenta de répondre : « Sa Majesté sera obéie. »

Les Pères étaient mis dans l'alternative de renoncer à leur institut ou de quitter l'empire. Ils avaient trop à cœur la volonté de Dieu et la sainteté de leur vocation pour se laisser ébranler. Ils prirent la route de l'exil, ou plutôt, ils furent déportés jusqu'à la frontière de la Gallicie autrichienne[2].

Le P. Roothaan traversa la Pologne et l'Allemagne à la tête des Pères et des scolastiques, au nombre de plus de trente, et arriva à Brigg en Valais, où tous séjournèrent quelques semaines.

« Le P. Roothaan avait été destiné pour la

[1] D'après une autre version, Alexandre sollicité plusieurs fois de signer l'ukase d'expulsion, avait toujours refusé, jusqu'à ce qu'on le surprit un soir dans un état qui ne lui laissait plus toute la lumière de la raison, par suite d'excès de table.

[2] Depuis 1816 jusqu'à 1821, on trouve peu de documents dans quelques petites lettres que conserve la famille.

France, mais le supérieur de la Compagnie en Suisse, le P. Godinot, obtint des supérieurs de Rome un changement de destination, et le retint à Brigg en Valais. Là, le P. Roothaan fut encore chargé d'enseigner la rhétorique aux jeunes religieux de son Ordre, et d'annoncer la parole de Dieu au peuple. Il parcourut le Valais en qualité de missionnaire, en répandant partout des fruits de salut. Ses prédications vraiment apostoliques remuèrent tous les cœurs et opérèrent des conversions admirables, malgré l'étrangeté de sa diction, suite naturelle du peu d'usage qu'il avait alors de la langue allemande, et en particulier de l'idiôme valaisan [1]. »

Il y eut pour compagnon le P. Boone, si connu en Belgique, et qui a bien voulu nous communiquer cette notice :

« Ayant eu le bonheur de faire mes premiers essais sous un tel maître, j'ai vu plus d'une fois tout l'auditoire pénétré de componction à le voir et monter en chaire..... Quel zèle, quelle ardeur! Sa parole était simple, populaire, jamais triviale; elle était énergique, saisissante; elle enlevait tout l'auditoire. Un seul trait dépeindra cette voix apostolique. A la clôture de la mission de Sion dans le Valais, à laquelle assis-

[1] Notice nécrologique.

taient le chapitre, le clergé et tout le peuple, il pénétrait tellement tous les cœurs sans distinction, qu'il n'y eut que des larmes et des sanglots, à tel point qu'on ne comprenait plus le missionnaire. »

Le P. Geoffroy, ancien receur du pensionnat de Fribourg en Suisse, qui a eu l'occasion d'apprécier le P. Roothaan à cette époque, en parle ainsi dans une lettre du mois de juin dernier :

« Sa vie était tout intérieure; il la décrit bien dans plusieurs endroits de ses notes sur le livre des *Exercices;* il avait l'art de cacher ou de rendre moins sensible son éminente capacité. Au dehors, par conséquent, c'était une manière toute simple et selon la vie commune, mais d'une religieuse exactitude pour l'observation de toutes les règles selon l'esprit des constitutions. Lorsqu'il était chargé de quelque chose, n'importe quoi, il y était tout entier, et cependant il ne quittait pas l'union avec Dieu; cela faisait que les choses même profanes qu'il avait à traiter, ou bien celles qui sont du domaine temporel, semblaient partir de lui avec un accompagnement de grâce céleste; voilà ce que j'ai surtout pu observer, tant à Brigg, où il donnait des leçons de littérature et d'éloquence, que dans quelques actes de son provincialat et dans quelques autres de son généralat. »

VII.

Autres fonctions.

« En 1821 et 1822, le P. Roothaan accompagna le P. Godinot dans la visite des maisons soumises à l'autorité de ce dernier. C'étaient, en dehors de la Suisse, les missions de la Hollande, la résidence de Gand en Belgique, et les maisons de Dusseldorf, de Hildesheim et de Dresde en Allemagne. Entre autres résultats de cette visite, au succès de laquelle le P. Roothaan eut une large part, nous signalerons, pour ce qui concerne le royaume des Pays-Bas, le développement donné au collége de Culembourg dans la Gueldre, et l'érection du collége de Beauregard à Liége. Le premier avait pris naissance depuis peu par les soins des Pères missionnaires de Culembourg; l'établissement du second, qui exigeait des précautions particulières à cause des circonstances du temps, fut résolu et réglé durant la visite; il eut lieu peu de temps après. Dans ces voyages le P. Roothaan traversa deux fois la France, et s'arrêta chez ses confrères de Paris et de Saint-Acheul. » (Notice nécrologique.)

Tous ceux qui avaient l'occasion de le voir, étaient frappés de son air de modestie, de mortification, de sainteté. Lorsque ce digne religieux passa par Paris en 1822, le duc de Rohan, prêtre, et qui fut plus tard archevêque de Besançon et cardinal, après l'avoir vu dans la maison que la Compagnie habitait rue de Sèvres, ne put cacher les sentiments de bonheur et de joie qu'il ressentait d'avoir eu l'occasion de voir le P. Roothaan. Il disait qu'il était le type d'un vrai enfant de saint Ignace.

« En 1823, il fut appelé à Turin par le Père général Louis Fortis, pour être mis à la tête du collége de Saint-François-de-Paule que le roi Charles-Félix venait de fonder pour remplacer le collége des Provinces, supprimé en 1821, à l'occasion des troubles politiques de cette époque. Le collége de Saint-François-de-Paule renfermait l'élite des jeunes gens du royaume; ils y entraient pour suivre à l'Université les cours de belles-lettres, de théologie, de droit, de médecine et de chirurgie [1]. »

Par la grâce et la douceur de ses manières, par sa prudence et sa modération, il sut se concilier l'amour et le respect des élèves, des parents et des personnes de tous les rangs et de toutes les conditions. Le roi Charles-Félix et S. A. R. Charles-Albert, alors prince de Carignan, luimontrèrent beaucoup de bienveillance. Ce dernier, lorsqu'il fut monté sur le trône,

[1] Notice nécrologique.

aimait encore à écrire des lettres au P. Roothaan, et à lui rappeler les doux souvenirs de leurs premières conversations à Turin. Ce prince donna plus tard au P. Roothaan bien des sujets de cuisantes douleurs.

« C'est à Turin, si nous ne nous trompons, que le P. Roothaan fit la connaissance du fameux abbé Gioberti, au sort duquel il s'intéressait encore tout spécialement quelques années plus tard, lorsque, élevé à la charge de général, il recommanda aux Jésuites de Bruxelles, où le malheureux prêtre résidait alors, de chercher à se mettre charitablement en rapport avec lui.

» Il resta au collége de Saint-François jusqu'en 1829, époque où le P. Pavani, devenu vicaire général après la mort du P. Fortis, le nomma vicaire provincial d'Italie. Il était alors profès depuis dix ans, ayant prononcé ses derniers vœux le 2 février 1819.

« Le 30 juin 1829, il se trouva avec les envoyés des diverses provinces de la Compagnie à l'ouverture de la congrégation générale, qui devait donner un successeur au P. Fortis. Le 9 juillet suivant, fête des prodiges de la Sainte-Vierge Marie à Rome, après avoir été ballotté avec le P. Rozaven, il fut élu général de la Compagnie au quatrième tour de scrutin [1]. »

[1] Notice nécrologique.

VIII.

Généralat.

Le P. Roothaan, porté par les vœux de la congrégation générale à la suprême dignité de l'ordre, avait été dès longtemps préparé par la main de Dieu pour remplir saintement ces hautes fonctions.

« Son caractère, dit M. Crétineau-Joly, assemblage de qualités contraires, était calme et froid au dehors, ardent et sensible à l'intérieur. La modération dans les actes comme dans les paroles était sa vertu dominante; il la devait autant à la force de sa nature qu'à son éducation première. Né catholique au milieu d'un pays protestant, Jésuite dans un empire schismatique, il avait dû connaître de bonne heure le prix de la tolérance. Il aimait l'étude et la prière, l'enseignement et l'apostolat. Le choix de ses pairs le plaçait au gouvernement de la Société; il se résigna au fardeau, et il commanda, ainsi que jusqu'alors il avait obéi, sans ostentation de pouvoir ou d'humilité. Pour tenir tête aux orages dont l'Institut était menacé, pour fortifier les timides et enchaîner l'impétuosité des exaltés, il fallait un courage aussi persévérant que la sagesse; Roothaan ne faillit point aux espérances des Profès. Il arrivait à la tête de l'Ordre de Jésus dans un moment où les passions étaient surexcitées. Dès le premier jour il se traça une ligne de conduite, et il n'en dévia jamais [1]. »

Le P. Roothaan connaissait les besoins de son époque. Il saisit la congrégation d'une des questions les plus importantes de l'Institut, celle de l'enseignement. « On s'occupa des désirs exprimés par les différentes provinces; tous témoignent de la sollicitude dont chaque membre est animé pour conserver l'Institut dans son intégrité et y faire prospérer l'enseignement. Ils demandent unanimement la révision du *Ratio studiorum* ou *Plan d'études*, dans le but de l'approprier aux besoins du temps. Avant que la congrégation discutât ce point essentiel, qui, à l'élection de Fortis, avait été admis en principe, le général crut devoir révéler sa pensée sur une question aussi vitale. Il déclara que les circonstances et le mouvement des esprits exigeaient impérieusement la réalisation du vœu de tous les Pères; mais son opinion était de ne rien décréter en forme de loi avant qu'on eût fait sanctionner par l'expérience dans les provinces de l'Ordre les améliorations introduites. Ce conseil fut adopté [2]. »

Le P. Roothaan s'empressa de nommer une

[1] T. VI, p. 226.
[2] T. VI, p. 226.

commission pour mettre le *Ratio studiorum* en rapport avec le progrès des lumières et les exigences modernes. L'Italie fut représentée par le P. François Manera, qui, par ses grandes qualités, mérita la haute confiance de son général, l'estime et l'amour de Ferdinand, roi de Naples; la Sicile par le P. Vincent Garofalo, la France par le P. Loriquet, l'Espagne par le P. Gil, l'Allemagne par le P. Van Hecke, jésuite belge, actuellement Bollandiste.

La commission se réunit à la fin de 1830. « La nouvelle édition du *Ratio studiorum* parut en 1832; elle était accompagnée d'une lettre-circulaire du Père général, où les motifs qui avaient amené l'Ordre à conformer son code d'instruction publique aux circonstances présentes, sont exposés avec une netteté et une sagesse remarquables. Au reste, ce travail, dans l'idée du général, n'était pas définitif; il devait être sanctionné par l'expérience, et les provinces étaient invitées à faire les observations qu'elles jugeraient utiles [1]. »

L'enseignement fut toujours une des plus grandes préoccupations du P. Roothaan, pendant toute la durée de son généralat.

Il serait impossible d'entrer dans les détails de cette administration qui a duré vingt-trois

[1] Notice nécrologique.

ans et dix mois. L'histoire de la Compagnie est en quelque sorte celle du général [1].

Toute cette période fut remplie de grands succès et de grands revers. Plusieurs révolutions épouvantèrent le monde; elles furent plus nombreuses en vingt ans qu'elles ne l'avaient été précédemment en plusieurs siècles. En 1830, un an après l'élection du nouveau général, la révolution de juillet éclata en France. La Belgique, l'Italie, l'Espagne, le Portugal, la Pologne s'insurgèrent à leur tour. Partout, si l'on excepte la Belgique et la Pologne, la Compagnie eut à souffrir; le sang même de ses enfants fut versé; on confondait avec le nom de Jésuite la religion, le Pape, l'Église, Jésus-Christ. En 1848, le feu révolutionnaire se ralluma plus redoutable que jamais dans toute l'Europe, et menaça de détruire avec les débris des trônes les bases de la société.

Malgré tous ces orages, la Compagnie resta debout. La sagesse et la sainteté du P. Roothaan

[1] Le P. Roothaan a fait un petit calendrier destiné à son propre usage, dans lequel il consignait quelques jours mémorables de sa vie : son départ d'Amsterdam, son entrée au noviciat, etc.; ensuite le décès de plusieurs Pères de la Compagnie, morts martyrs ou en odeur de sainteté. Il n'est pas rare d'y trouver l'une ou l'autre de ces paroles remarquables qu'il avait souvent à la bouche. Ne serait-ce pas là qu'il puisait aussi ces pieuses anecdotes qu'il se plaisait à raconter en récréation? Ce petit manuscrit se trouve au Gesù, à Rome.

ne contribuèrent pas peu au salut de son Ordre.

Pendant qu'il avait à lutter en Europe pour maintenir ses enfants dans leurs possessions légitimes et pour soutenir leur courage, il n'oublia pas les contrées étrangères. Un très-grand nombre de missions furent organisées par ses soins. Il faut entendre ces hérauts de la foi qui sont allés chercher les sauvages dans les îles, les déserts et les forêts, il faut les entendre parler des consolations et des encouragements qu'ils recevaient de leur tendre Père, dont la sollicitude pour les autres égalait le mépris qu'il avait pour lui-même.

Malgré tous les embarras de cette vaste administration, il trouvait le temps d'écrire « un grand nombre de circulaires, où l'élégance du style latin est jointe à l'onction de la plus tendre piété, et qui attestent le zèle du très-révérend P. Roothaan pour le bien spirituel des membres de sa Société. La première de toutes a pour but de leur faire aimer leur vocation, et de leur expliquer quelle doit être la véritable nature de cet amour. Dans les suivantes il leur parle successivement des tribulations et des persécutions des missions étrangères, dont il leur inspire le désir, de l'étude et de l'usage des exercices spirituels de saint Ignace, de la troisième année séculaire de la Compagnie (1840), des progrès de la Compagnie et des dangers auxquels elle est exposée ; enfin depuis 1845 il s'attacha surtout à les consoler, à les encourager, à les exciter à la résignation, à la prière surtout, au milieu des calamités qui avaient commencé dès lors à fondre sur la Compagnie, et qui finirent par en disperser la moitié des provinces [1]. »

Le très-révérend P. Roothaan ne se contentait pas d'écrire des lettres encycliques à toute la Compagnie ; mais il ne manquait jamais de répondre aux lettres qui lui étaient personnellement adressées par des membres particuliers de l'Ordre, surtout quand il croyait pouvoir les réjouir et les animer par ses paroles. C'est ainsi que nous eûmes le bonheur de recevoir de ce digne et tendre Père la lettre autographe dont nous donnons ici le *fac-simile*, fait avec beaucoup d'exactitude par M. J.-B. Blasseau, graveur et imprimeur sur pierre à Bruxelles.

Le très-révérend P. Roothaan répond à une lettre d'envoi, où nous exprimions l'espoir de voir le Ciel bénir notre œuvre, et où nous retracions les paroles favorables et bienveillantes que

[1] Notice nécrologique.

On peut lire une des lettres encycliques dont nous venons de parler, celle qui fut donnée à l'occasion de l'année séculaire, dans le *Journal historique et littéraire* de Liége, t. XI, p. 53 et 107, où elle est accompagnée d'une belle traduction française.

nous avaient adressées, de vive voix ou par écrit, Son Éminence Monseigneur le Cardinal Archevêque de Malines et Sa Grandeur Monseigneur l'Évêque de Bruges. Voici la réponse du très-révérend Père Général :

« Rome, 27 novembre 1852.

» Mon révérend Père.

» P. C. (La paix du Seigneur.)

» Je vous remercie, mon bon Père, des opuscules que vous m'avez envoyés, et de la lettre du 24 octobre qui les accompagnait. Je regrette d'avoir si peu de temps pour lire des livres, étant condamné à lire et écrire tant de lettres. Mais les seuls titres m'ont grandement consolé. Dieu aidera et soutiendra votre zèle. La faveur de Son Éminence le Cardinal et de Monseigneur de Bruges est précieuse et de bon augure. Sans doute, une bonne œuvre ne doit manquer de contradictions, mais c'est bon signe.

» En union de vos SS. SS. (saints sacrifices).

» M. R. P.

» Votre Serviteur en N. S. »

» Le désir de faire avancer ses frères dans la sainteté de leur vocation, joint à une profonde vénération pour le saint fondateur de son Ordre,

Rome 27 Nov. 1852.

Mon Révd Père

P.C.

Je vous remercie, mon bon Père, des opuscules que vous m'avez envoyés et de la lettre du 24 8bre qui les accompagnoit. Je regrette d'avoir si peu de tems pour lire des livres, étant condamné à lire et écrire tant de lettres. Mais les seuls titres m'ont grandement consolé. – Dieu aidera, et soutiendra votre zèle. Le Décret de S. Em. le Cardinal et de Mgr d'[illegible] est précieux et de bon augure. – Sans doute, une bonne œuvre ne doit manquer de contradictions – mais c'est bon signe.

En union de vos SS. SS.

M. R. P.

votre serviteur en J.C.
J. Roothaan

inspira au pieux supérieur l'idée de faire une nouvelle traduction latine du livre des *Exercices spirituels*[1]. Il reproduit le texte original avec une scrupuleuse fidélité, aimant mieux s'écarter des règles du latin que de perdre une seule parole du saint pénitent de Manrèse. Des notes nombreuses, qu'il ajouta au texte, aident le lecteur à saisir l'esprit de ce livre admirable, et à découvrir tout ce qu'il renferme de trésors spirituels. Cette belle œuvre restera comme un monument de la fervente piété et de la sollicitude paternelle du général que la Compagnie de Jésus vient de perdre.

» En même temps qu'il donnait ainsi du développement à la Compagnie au dehors, et qu'il l'affermissait au dedans, en y entretenant l'esprit de saint Ignace, il maintenait et augmentait, s'il était possible, les saintes traditions de charité qui ont toujours distingué les enfants de ce saint. » La charité du P. Roothaan et des Jésuites éclata surtout à Rome en 1837, lors de l'apparition du choléra[2] : « Tous les membres de

[1] Cet ouvrage parut à Rome en 1835. Il fut reproduit à Rome en 1838, à Namur en 1841, à Palerme en 1843, et de nouveau à Rome en 1852. Afin de rendre l'usage de ce livre admirable plus facile, le P. Roothaan publia, sous le voile de l'anonyme, l'opuscule : *De ratione meditandi*. Des traductions italienne, française et flamande parurent successivement.

[2] Notice nécrologique.

la Compagnie qui étaient à Rome reçurent l'ordre de se consacrer au service du prochain. Quelques-uns furent ordonnés prêtres afin d'être d'une plus grande utilité aux malades. Le peuple romain comprit le sacrifice, il s'adressa spécialement au saint fondateur de la Compagnie pour obtenir la cessation du fléau : des neuvaines furent instituées à l'église du Gesù. Voulant ensuite montrer sa reconnaissance, le peuple plaça sur l'autel de saint Ignace six chandeliers en cuivre ; le sénat offrit un calice.

Le peuple aimait le P. Roothaan. « Quand le fléau eut cessé, et qu'une commission fut nommée pour avoir soin des enfants dont les pères avaient été ravis par la mortalité, on força le P. Roothaan, par une dérogation aux règles de sa Compagnie, mais par un sentiment de reconnaissance qu'il était bon d'éterniser, dit M. Crétineau-Joly, à prendre place dans ce comité sous le titre de conseiller député ecclésiastique. Pour sa part, le Père général, au rapport du même écrivain, décida qu'à Saint-Etienne-le-Rond vingt orphelins seraient entretenus aux frais de la Société de Jésus.

« Néanmoins le bon Père se vit forcé, en 1848, de quitter cette Rome qu'il aimait, et où depuis près de vingt ans il s'était fait chérir et estimer des grands et du peuple. Mais c'était l'heure de l'impiété et de la puissance des ténèbres : quelques mois encore, et le successeur de saint Pierre lui-même allait devoir chercher un refuge hors des États de l'Église.

» Ayant trouvé un asile sur la terre de France, le P. Roothaan s'empressa d'adresser à tous ses frères une lettre encyclique sur la dévotion au Sacré-Cœur de Jésus. Elle fut rédigée, pensons-nous, à Marseille, dans cette ville consacrée au Sacré-Cœur par l'héroïque de Belzunce, son évêque. Rien de plus touchant et en même temps de plus instructif que cette belle lettre du Père général.

« A la vue, dit-il, de si grands désastres qui
» ont renversé presque la moitié de la Compagnie,
» et devant un avenir dont la science de Dieu
» seul connaît le mystère, nous éprouvons tous
» le besoin de consolation et de secours. C'est
» le Sacré-Cœur de Jésus qui s'offre à ma pensée
» comme l'asile commun de tous les malheureux;
» ce même Cœur qui nous redit encore ces
» douces paroles : *Venez à moi, vous tous qui*
» *êtes fatigués et qui êtes chargés, et je vous sou-*
» *lagerai.* En vous écrivant quelques mots sur
» un sujet si consolant et que réclament les
» tristes circonstances où nous sommes, je réalise
» un désir conçu depuis longtemps. » En effet, la dévotion au Cœur de Jésus, dont il montre

dans cette lettre les avantages et la solide pratique, paraît avoir été sa dévotion de prédilection. Il y joignait une piété tendre envers la très-sainte Vierge, piété qui l'engagea la même année encore à publier une autre circulaire sur la dévotion au Cœur immaculé de Marie [1].

» Bientôt il mit son exil même à profit pour visiter personnellement plusieurs provinces, et pour consoler et encourager par sa présence et ses paroles un nombre considérable de ses enfants. Il parcourut ainsi successivement la plupart des maisons de son Ordre en France, en Belgique, en Hollande, en Angleterre et en Irlande. Non-seulement tous les Jésuites de ces pays eurent par là le bonheur de contempler les traits de leur Père chéri et de jouir de ses doux et pieux entretiens; mais il rencontra de plus parmi eux un grand nombre de ceux que la tempête avait dispersés et auxquels la charité de leurs frères, qui les avaient accueillis avec un saint empressement, adoucissait les rigueurs de l'exil. Les personnes étrangères à la Compagnie qui eurent l'occasion de voir le général dans le cours de ses pérégrinations, étaient frappées à leur tour de je ne sais quel air de sainteté répandu sur toute sa personne, et ne pouvaient se lasser d'admirer

[1] Ces deux lettres furent traduites en français et en allemand.

la simplicité évangélique, l'humilité, la douceur, la résignation, en un mot, tout cet ensemble de vertus solides qu'on voyait reluire en lui.

» Enfin il lui fut donné de pouvoir rentrer à Rome, et il eut la consolation de voir sortir de leurs ruines la plupart des provinces que l'impiété s'était efforcée de détruire à jamais. La Suisse et le Piémont restent encore fermés, il est vrai, aux enfants de saint Ignace ; mais en revanche l'Espagne et l'Allemagne catholique les ont récemment accueillis avec amour, outre que deux nouvelles provinces, celle de Hollande et celle de Toulouse, sont venues s'ajouter aux anciennes depuis le retour du général dans la ville sainte.[1] »

Quelques mois avant sa mort, le P. Roothaan avait convoqué la congrégation générale pour statuer sur les affaires les plus importantes de la Compagnie. Tel avait été depuis longtemps son désir ; mais il ne devait plus avoir le bonheur de présider cette assemblée.

IX.

Maladie, mort et funérailles.

Le très-révérend P. Roothaan se trouvait indisposé depuis le commencement de février : il avait la respiration difficile.

[1] Notice nécrologique.

Dans la nuit du 7 février, il fut surpris d'une attaque imprévue et sérieuse. Toutefois cette crise ne l'empêcha point le lendemain, qui était le mardi du carnaval, de recevoir au Gesù, Sa Sainteté le Pape Pie IX, et de présenter sa communauté au Père commun des fidèles pour le baisement des pieds. Le mercredi des Cendres, il voulut se faire saigner ; mais ce projet ne reçut pas son exécution.

Dans la nuit du vendredi 11, vers les trois heures du matin, il eut une nouvelle attaque, qui dura deux heures ; on lui donna l'Extrême-Onction ; il revint à lui après une forte saignée. A six heures du matin, il demanda lui-même le Saint Viatique. A la vue de l'adorable Sacrement, objet particulier de son amour, il prononça quelques paroles qui firent fondre en larmes toute la communauté. Ce jour du vendredi se passa dans des alternatives continuelles : tantôt son état faisait naître l'espoir, tantôt il devenait plus alarmant. Le P. Rossi, vice-supérieur de la maison professe, fut chargé de faire connaître l'état du très-révérend Père général au Souverain Pontife. Pie IX donna les marques les plus sincères de son affection pour le malade. « Je lui envoie ma bénédiction, dit-il ; j'espère que ce ne sera pas la dernière. » Les prévisions humaines faisaient craindre le contraire.

Le samedi à trois heures du matin une nouvelle crise survint; une saignée soulagea encore une fois le malade. Mais ce soulagement ne sembla que momentané; la fièvre se joignit à la difficulté de respirer et aux palpitations du cœur. Jusqu'alors les médecins ne croyant voir que des symptômes d'une oppression de poitrine, ne perdaient pas tout espoir de conserver le malade. Les prières ne manquaient pas pour demander au Ciel l'efficacité des remèdes; les communautés faisaient un triduum à saint Ignace; on espérait beaucoup de l'intercession du saint fondateur.

La maladie fournissait une preuve éclatante de l'estime qu'on faisait à Rome du très-révérend P. Roothaan. Les premières familles, les Borghèse, les Aldobrandini, les Cambden, les Bonterlin-Poniatowski, grand nombre de Cardinaux et d'Évêques venaient s'informer eux-mêmes de l'état du malade. Le peuple aussi montrait le plus vif intérêt à ce bon Père qui, en 1847, quoique déjà accablé sous le poids du généralat, soigna lui-même en personne les pauvres de la ville éternelle pendant les ravages du choléra.

Le 14 février, le danger de mort semblait passé. L'espoir de conserver une vie si précieuse augmenta à tel point les deux jours suivants, qu'on crut déjà à la convalescence. Un triduum de prières devait se faire en actions de grâces du bienfait nouveau que la Providence semblait avoir fait à la Compagnie de Jésus par le rétablissement du premier supérieur.

Mais tout à coup la fièvre se déclara dans la nuit du 16 au 17; les facultés intellectuelles du malade parurent se troubler. Cette fièvre reprenait par intervalles. La nuit du 17 au 18 amena un nouvel accident : le côté gauche fut frappé de paralysie et il se manifesta des dispositions continuelles au sommeil et au délire. Dès lors on perdit tout espoir; on craignait que le malade ne fût atteint d'une affection du cœur arrivée à sa dernière crise. Ses enfants désolés crurent devoir se tenir prêts à recueillir le dernier soupir de leur tendre Père. Dépourvus de remèdes de la part de la science, les religieux ne tournèrent plus que vers le ciel les yeux qui imploraient du secours. On commença un triduum en l'honneur du bienheureux Pierre Claver, récemment béatifié [1].

Le 22 février, à quatre heures du soir, le très-révérend Père général fit appeler auprès de son lit de souffrance, trois de ses assistants ou conseillers, savoir : le P. François Pellico d'Italie, le P. Ambroise Rubillon de France, et le P. Ignace-

[1] Lettre du P. Pierling, datée de Rome, le 18 février.

Marie Lerdo d'Espagne, ainsi que le secrétaire, le P. Joseph Manfredini.

Après avoir nommé chacun des trois assistants par son nom, et jouissant du libre usage de ses facultés intellectuelles, il déclara qu'afin que la Compagnie ne souffrît aucun détriment dans les affaires par suite d'une longue infirmité, il nommait son vicaire-général ou substitut, le P. Jacques Pierling, assistant, (né à Saint-Pétersbourg), et lui confiait tous les pouvoirs pour le remplacer dans toute l'administration de la Compagnie, jusqu'à ce qu'il pût reprendre lui-même ses fonctions, s'il plaisait à la Providence divine de lui rendre la santé.

Ce décret du révérend Père général fut aussitôt promulgué dans la maison professe de Rome et envoyé, par le secrétaire, à toutes les provinces de l'Ordre.

Les Pères assistants étaient dans l'admiration de la présence d'esprit et de la fidélité de mémoire, de l'énergie et de la fécondité d'expression avec lesquelles il dicta et motiva cet acte. Ce fut au même moment qu'on dressa le second acte qui instituait vicaire général en cas de mort, le même P. Pierling. Cet acte fut signé de tous les Pères présents et scellé pour être ouvert après le décès.

Cependant la maladie traînait en longueur.

Les mois de mars et d'avril se passèrent encore dans des alternatives de crainte et d'espérance.

Le jour de l'Ascension, Pie IX proclamait les miracles du vénérable André Bobola, de la Compagnie de Jésus. Le Pontife voulait donner au malade cette nouvelle marque de sa bienveillance. Le général dit au P. Misley : « Je le vois, le martyr veut que je participe à ses peines. » Un autre jour il disait : « Dieu veut que la Compagnie soit dans un état prospère ; Dieu en soit béni ! Le général souffre afin que des pensées d'amour-propre ne puissent trouver place en son âme. »

Le samedi 7 mai, après un sommeil de quelques heures, le P. Roothaan se disait beaucoup mieux que jamais. Après son déjeuner, il sentit de vives douleurs de cœur, accompagnées de fièvre. Cet état déconcerta les médecins; ils n'osaient pas employer des remèdes violents sur ce corps débilité et arrivé à son dernier terme. La journée se passa dans la souffrance; le soir, le malade n'avait plus la force de prononcer des paroles distinctes. Les dernières qu'on ait pu recueillir sont quelques mots de l'*Anima Christi*, prière de saint Ignace, qu'il avait fréquemment à la bouche. Entre sept et huit heures, on fit la recommandation de l'âme; mais le terme n'était pas encore arrivé.

Le dimanche 8 mai, il ne lui fut plus possible de recevoir le corps du Seigneur ; l'agonie commença vers les neuf heures. Les contractions de la figure exprimaient les impressions de la douleur ; les mouvements des lèvres mourantes indiquaient la prière ; il s'entretenait avec l'objet infini de son amour et de ses affections. Cependant le râle s'affaiblissait insensiblement ; six minutes avant onze heures, il avait entièrement cessé : l'âme du P. Roothaan entrait en possession de la béatitude éternelle.

Sa mort a été douce et paisible, comme les médecins l'avaient prévu ; mais ces trois derniers mois avaient été des tortures pour ce bon Père. Cependant jamais, au témoignage de tous les Pères, sa patience et sa résignation n'ont fait défaut. Au milieu de ses souffrances, il murmurait toujours cette prière : « Miséricorde, Seigneur, miséricorde ! Je souffre beaucoup. Miséricorde ! Donnez-moi la force de souffrir davantage avec patience et résignation. » Il passait quelquefois des nuits entières à pleurer et à gémir, tant ses douleurs étaient aiguës ; mais toujours il bénissait le nom du Seigneur.

Telle fut la fin du religieux que tous les habitants de Rome avaient connu et vénéré. Le P. Minini, après avoir prêché au peuple en ce jour du Seigneur, raconta quelques détails de la vie du

P. Roothaan; mais au moment où il disait qu'il reposait dans le sein de Dieu, il y eut un mouvement sensible dans tout l'auditoire.

Le P. Roothaan avait eu le pressentiment de mourir pendant le mois de Marie. Quelques jours avant le carême, il visita le bon chanoine Piacentini à sa campagne. En se séparant, il dit : « Nous ne nous verrons plus ici. »

Dans un autre entretien familier, le P. Roothaan lui dit : « Au mois de mai ce sera fini. » Le chanoine lui demanda l'explication de ces mots mystérieux. « Oui, répéta-t-il, au mois de mai. » Le lendemain, le chanoine vint raconter son aventure au P. Boero, et ajouta : « Je n'ai pas dormi de toute la nuit. Le P. Roothaan a-t-il voulu m'annoncer ma mort prochaine? a-t-il fait une prophétie? » Le Père lui conseilla de demander l'explication de ces mots au Père général lui-même. Il se rend chez lui, le questionne; mais la réponse n'est pas plus claire. Ce pressentiment, il l'a manifesté plusieurs fois pendant sa maladie.

Le dimanche, à cinq heures et demie du soir, on fit réunir quarante profès pour leur faire connaître la nomination du vicaire général d'après le billet laissé par le général défunt; le P. Pierling fut confirmé dans sa charge. On fixa en même temps une nouvelle réunion au mercredi, pour nommer le substitut du Père vicaire dans l'assistance de l'Allemagne; le P. Joseph Kleutgen fut élu.

Le lundi, le corps du défunt était exposé dans une chambre. Vers les trois heures, l'office des morts commença. Les élèves du Collége Germanique, précédés de la croix, ouvrent la marche ; tous les membres de la Compagnie résidant à Rome les suivent ; viennent ensuite les Pères Dominicains. La procession sortait de *la Porta civile*, et faisait un demi-cercle sur *la Piazza del Gesù*.

La foule était nombreuse. A la vue du cadavre, tout le monde se découvrait ; le silence régnait dans la foule. On laissait échapper ces paroles : « O bienheureux Père ! oui, vous êtes vraiment heureux ! » Monseigneur l'évêque de Gand suivait avec le Père vicaire, le corps du défunt.

Après l'office, on entoura le corps de soldats pour écarter les fidèles, qui voulaient se précipiter sur ces restes précieux. On en voyait déjà qui préparaient leurs chapelets pour les faire toucher au corps.

Les obsèques eurent lieu le mardi, 10 mai, à dix heures. Les constitutions de la Compagnie prescrivent des obsèques solennelles pour le général dans chaque maison de l'Ordre; ce qui ne se fait pour aucun autre religieux de l'Institut.

La messe fut célébrée par le R. P. François Gaude, Procureur-général des Pères Dominicains, assisté d'autres Pères de son Ordre. Il est d'usage que les enfants de saint Dominique enterrent les Généraux des enfants de saint Ignace. Nous ignorons l'origine de cette coutume, qui existait déjà avant Thyrse Gonzalez, treizième Général, mort le 27 octobre 1705; car il est dit dans sa vie que les Pères Dominicains furent invités selon la coutume, *uti mos est.*

On remarquait parmi les assistants Sa Grandeur Monseigneur Delbecque, évêque de Gand, Monseigneur de Falloux et un grand nombre de généraux et d'abbés de divers Ordres religieux.

Le soir, on confia le corps à sa dernière demeure dans le sépulcre destiné aux généraux de la Compagnie.

Sur la pierre du caveau, on mit l'inscription :

Hic situs est
Joannes Roothaan
Præpositus Generalis S. J.
ab Ignatio Patre XXI.
Dei. VIII. id. Mai. A. MDCCCLIII.
OEt. A. LXVII. M. V. D. XV.

Le plâtre a conservé d'une manière frappante les traits du défunt, et reproduit la sérénité que conservait encore cette belle âme à cette heure dernière, qui succédait cependant à des douleurs atroces. Ce plâtre reproduit en cire est l'image du sommeil du juste.

Le T. R. P. Roothaan a laissé une grande opinion de ses talents et de sa sainteté.

Les ennemis de la Compagnie n'ont jamais attaqué personnellement le P. Roothaan, alors même qu'ils déchaînaient leur haine contre la Compagnie, par des livres, des pamphlets, des cris calomniateurs.

Le jour de son décès, le peuple rassemblé sur *la Piazza di Gesù*, disait assez haut pour que quelques Pères aient pu l'entendre : « *O santo Padre! o beato adesse è in Paradiso!* »

Lors de la publication du décret de béatification du P. Jean de Britto, une cinquantaine de Pères étaient présents. Le Saint-Père leur adressa une assez longue allocution, dans laquelle il fit le plus bel éloge du T. R. P. Roothaan, ajoutant qu'il espérait que notre nouveau bienheureux nous aiderait à lui trouver un successeur aussi sage, aussi prudent, et aussi selon le cœur de Dieu que l'était le Père Général défunt.

Pendant toute sa vie laborieuse, il n'a cessé de s'occuper des sciences, de l'enseignement, de toutes les branches de l'administration, avec ce tact heureux, cette pénétration d'esprit, cette droiture religieuse, cette énergie mêlée de douceur, qui garantissent l'ordre et font aimer l'obéissance. Il fut le modèle accompli de toutes les vertus : pauvre, humble, obéissant, mortifié, il suivait l'exemple de notre divin Sauveur. Il contribuait efficacement à étendre le règne de Jésus-Christ, non-seulement dans les cœurs de ses religieux et des étrangers, ravis d'une piété si aimable et d'une énergie si douce, mais encore parmi les peuples assis à l'ombre de la mort, où il envoyait la milice de Loyola planter l'étendard de la paix et du bonheur, à côté de l'étendard du trouble et de la misère.

Dans sa maladie, il ne cessait de parler avec Dieu ou de Dieu; ces trois mois ne furent qu'une suite de méditations, de prières, d'entretiens sur la piété, sur la Compagnie, sur l'éternité. Les souffrances ne purent interrompre ses élans d'amour; les flammes échappaient sans cesse de son cœur embrasé, même avec les cris d'indicibles douleurs, qui retentissaient dans tout le Gésu. Le mois de Marie, fixant ses plus chères espérances, était sa dernière consolation sur cette terre d'exil, où, vrai compagnon de Jésus, il avait passé en faisant le bien.

FIN.

PRÉCIS HISTORIQUES,

COLLECTION DE

PAR ÉD. TERWECOREN, S. J.

ABRÉGÉ DE LA

NOTICE HISTORIQUE

SUR LES

INSTITUTIONS DE BIENFAISANCE

PAR ISIDORE VAN OVERLOOP

AVOCAT A LA COUR D'APPEL DE BRUXELLES,
ET MEMBRE DE LA CHAMBRE DES REPRÉSENTANTS

BRUXELLES
IMPRIMERIE DE J. VANDEREYDT
Rue de Flandre, 104

1853

47e livraison. — 2e année. — 1er décembre.

www.ingramcontent.com/pod-product-compliance
Ingram Content Group UK Ltd.
Pitfield, Milton Keynes, MK11 3LW, UK
UKHW021114260726
13994UKWH00002B/881

9 782329 454948